KB112854

아내들의 학교·수전노

일러두기

• 이 책은 Molière, 『*Oeuvres complètes de J.-B. Poquelin Molière, tome deuxième*』(Project Gutenberg, 2013), 『*L'Avare*』(Project Gutenberg, 2004)를 참고했습니다.

진형준 교수의 세계문학컬렉션 14

아내들의 학교·수전노

L'École des femmes · L'Avare

몰리에르 지음

살림

몰리에르

프랑스 화가 피에르 미냐르의 1658년경 작품.

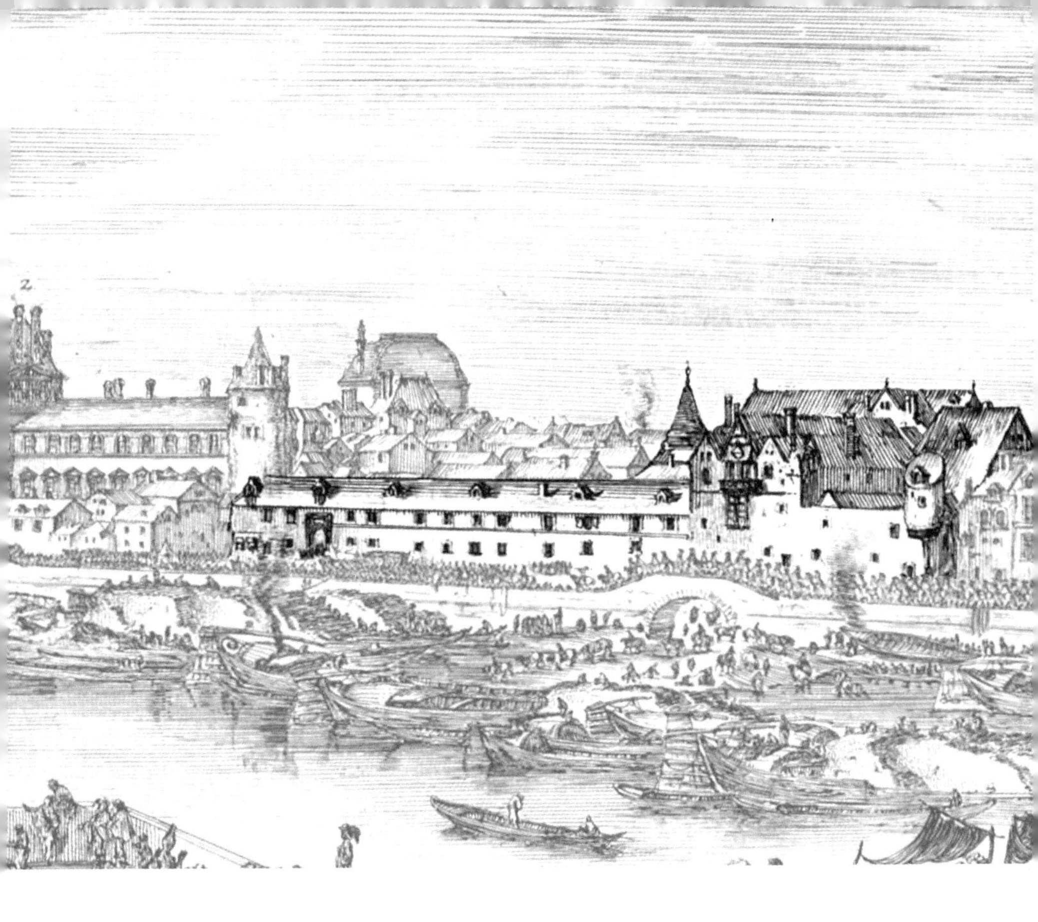

「**프티부르봉 저택** Hôtel du Petit-Bourbon」

이탈리아 판화가 스테파노 델라 벨라의 1646년 작품. 앞으로 센강이 흐르고 왼쪽에 루브르 궁전이 보인다. 1643년 21세 때, 아버지의 반대를 무릅쓰고 연극계에 뛰어든 몰리에르는 이름마저 '장-밥티스트 포클랭'에서 '몰리에르'로 바꾸고 여배우 마들렌 베자르 및 그녀의 형제자매와 함께 극단 '일뤼스트르 테아트르(Illustre Théâtre)'를 세웠다. 하지만 이 극단은 1645년 빚 때문에 파산하고 이후 10년 이상 지방 순회공연을 다니는데, 1648년부터 이른바 '몰리에르 극단'이라는 조직이 생기기 시작했다. 1658년 파리로 돌아온 몰리에르 극단은 루이 14세 앞에서 훌륭한 공연을 선보였고, 프티부르봉 저택의 대형 홀을 극장으로 사용하도록 허락받았다. 그러나 1660년 루브르 궁 확장으로 프티부르봉 저택은 철거되었고, 대신에 팔레 루아얄 극장(Palais Royal Théâtre)을 사용하도록 허락받았다.

「1830년 에르나니 첫 공연 The First Performance of Hernani, 1830」

프랑스 화가 폴알베르 베스나르의 1903년 작품. 빅토르 위고의 희곡 『에르나니』의 코메디프랑세즈(Comédie-Française) 초연 풍경을 묘사했다. 몰리에르 극단은 1660년부터 1673년 몰리에르가 공연 도중 사망할 때까지 팔레루아얄 극장에서 계속 공연했다. 당시 프랑스 법률에 따르면 천한 일을 하는 배우들은 신성한 교회 묘지에 가톨릭 의식에 따라 묻힐 수 없었다. 몰리에르의 부인 아르망드 베자르가 루이 14세에게 간청한 끝에 대주교 입회 아래 간소한 장례식을 치를 수 있었다. 이후 루이 14세는 1680년 당시 파리에 남아 있던 두 극단을 통합하여 '코메디프랑세즈'를 만들었는데, 코메디프랑세즈는 달리 '몰리에르의 집'이라고도 불렀다. 프랑스 배우들의 후원자로 유명했던 몰리에르를 기리기 위한 이름이었다.

『아내들의 학교』 초판본

프랑스 화가 프랑수아 쇼보가 1663년 초판본 『아내들의 학교』에 그린 권두 삽화. 이 작품은 1662년 팔레 루아얄 극장에서 처음 공연되었다. 몰리에르의 후원자인 오를레앙 공 필리프 1세(루이 14세의 동생)를 위한 공연이었다. 세상 물정 모르는 순진한 여성을 아내로 삼으려는 한 인물의 시도와 좌절을 그린 이 작품은 대중들의 엄청난 호응을 불러일으키며 큰 성공을 거두었다. 몰리에르는 당시 사람들에게 낡은 도덕과 관습을 풍자하고 인간의 자유와 본성을 옹호함으로써 민감한 사회문제에 대해서도 두려워하지 않고 작품화하는 대담한 작가로 받아들여졌다. 그러나 한편으로는 신앙과 윤리, 미풍양속을 해치는 불경하고 부도덕한 인물로 비판받았다. 그러자 몰리에르는 『아내들의 학교 비판(*La Critique de L'École des femmes*)』이라는 또 다른 작품을 발표하여 자신을 둘러싼 비난과 옹호를 직접 작품 속에서 다룸으로써 이 문제를 영리하게 헤쳐나갔다.

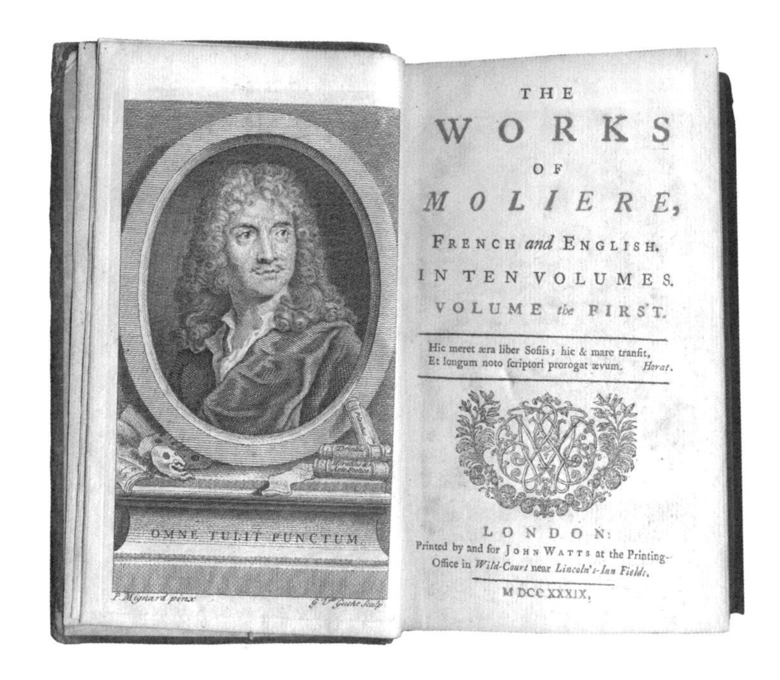
OMNE TULIT PUNCTUM.

P. Mignard pinx

G. V. Gucht Sculp

THE
WORKS
OF
MOLIERE,
FRENCH *and* ENGLISH.
IN TEN VOLUMES.
VOLUME *the* FIRST.

Hic meret æra liber Sosiis; hic & mare transit,
Et longum noto scriptori prorogat ævum. *Horat.*

LONDON:
Printed by and for JOHN WATTS at the Printing-
Office in *Wild-Court* near *Lincoln's-Inn Fields*.

M DCC XXXIX.

영문판 『몰리에르 작품집』

1739년 존 와츠가 발행한 『몰리에르 작품집(*The Works of Moliere*)』 전 10권 중 제1권 권두 삽화와 표제지. 프랑스어 원문과 영어 번역문을 함께 수록했다. 몰리에르는 서양문학에서 최고의 희곡(comedy) 작가 중 한 사람으로 꼽힌다. 비록 활동 당시 종교 지도자, 전통 사상가, 의학 전문가 등에게 엄청난 비난을 받았지만, 그것이 대중적 인기와 성공을 가로막지는 못했다. 프랑스와 영국 작가들이나 극단들은 그의 작품 스타일을 앞다투어 모방했으며, 18세기에는 영국에서 특히 호평을 받았다.

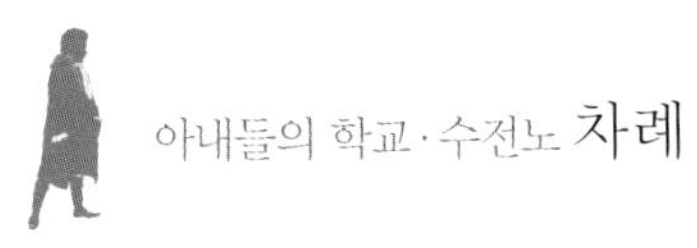
아내들의 학교·수전노 차례

아내들의 학교

L'École des femmes

1

프랑스 어느 지방 도시의 늙은 귀족 아르놀프는 한껏 마음이 부풀어 있었다. 세상에서 가장 순진하고 순결한 여자와의 결혼을 하루 앞두고 있었기 때문이었다.

그는 부자였다. 그는 자신이 진정 이상적이라고 생각하는 여자와 결혼하리라 마음먹고 기막힌 방법을 생각해냈다. 그는 모진 가난에 허덕이는 어느 여인에게 네 살 난 딸이 한 명 있음을 알게 되었다. 잘될 나무는 떡잎부터 알아본다고 했던가? 아직 어린 나이인데도 여자아이는 사랑스럽고 얌전했다. 그는 그 여인에게 딸을 자신에게 달라고 했다. 물론 여인이 넘어올 만큼 상당한 수준의 돈을 대가로 내세웠다. 어려운 살림에 보탬이 될 수 있는 데다 먹여야 할 입도 하나 줄어드니 그 여인은 거절하지 못했다.

아르놀프는 그 아이를 사람들의 발길이 닿지 않는 작은 수도원에 맡겼다. 가능한 한 세상 물정 모르는 어리숙한 아이로 키우기 위해서였다. 여자아이는 아르놀프의 바람대로 아주 순진한 여자로 자라났다. 여자아이에게서 처녀티가 나자 아르놀프는 그녀를 수도원에서 꺼냈다. 그러나 그녀를 자신의 집으로 데려오지는 않았다. 집에는 온갖 사람들이 많이 드나들었기 때문에 자연이 그녀에게 선물한 착한 성품이 그들에게서 물들까 봐 걱정되었기 때문이었다. 그는 그녀를 외딴집에서 하인, 하녀와 함께 지내게 했다.

결혼을 하루 앞둔 바로 그날, 아르놀프는 그녀가 사는 집으로 가는 길에 절친한 친구 크리잘드와 약속을 하고 만났다. 자신이 내일 결혼한다는 이야기를 전해주기 위해서였다. 둘은 길을 걸으며 이야기를 나누었다. 아르놀프가 내일 결혼한다는 말을 들은 크리잘드가 말했다.

"아니, 자네가 결혼을 한다고? 진심인가?"

"그래, 내일 이 일을 마무리 지어야겠어."

그러자 크리잘드가 아르놀프에게 말했다.

"우리 둘 사이니까 솔직히 말하겠네. 자네가 걱정되네. 결혼을 한다는 건 무모한 짓이라는 걸 모른단 말인가?"

"그런 말 할 줄 알았지. 결혼을 하면 아내가 바람피우지나 않을까 하는 걱정거리만 늘어난다는 거 아닌가? 내가 바람피우는 아내를 둔 남편이 될 수밖에 없다는 거지?"

"그런 일이야 누구에게나 일어날 수 있지. 그러니 걱정하고 말고도 없어. 내가 걱정하는 건 그게 아니라네. 자네가 오쟁이 진 남편들을 너무 조롱해왔기에 걱정이 된다는 거야. 그들은 속으로 자네에게 정말 화가 나 있단 말일세. 신분이 높은 사람이건 낮은 사람이건 자네의 비아냥거림에서 벗어난 사람이 어디 있던가? 남들의 은밀한 불륜을 온 세상이 다 알도록 밝혀내는 게 자네의 가장 큰 낙 아니었나?"

"그토록 어리석기 짝이 없는 남편들을 보면서 어떻게 참을 수 있단 말인가? 자네도 빤히 보고 있지 않은가? 고생해서 재산을 좀 모은 남편이 있다고 치세. 그의 아내는 애인들에게 자기 남편 재산이 얼마인지 고해바치느라 정신없지. 그보다는 좀 나은 경우지만 어떤 바보 같은 남자는 자기 아내가 매일 누군가에게서 선물을 받는 것을 보고서도 아무런 질투를 느끼지 않는다네. 그러고는 자기가 덕이 있어서 선물을 받았다는 아내의 말을 앵무새처럼 남들에게 되뇌지. 참, 기가 막힌 노릇 아닌가?

어디 그뿐이야? 한없이 너그러운 남편들이 어디 한둘인가? 젊은 바람둥이 녀석이 자기 집에 드나들어도 예의를 갖추어 녀석의 장갑과 외투를 받아줘. 그러고는 그 바람둥이 녀석의 애인인 마누라가 하는 거짓말에 그냥 넘어가고 말지. 또 남편은 아내를 믿고 잠이 들면서 오히려 그 녀석 잠자리가 불편하지나 않은지 신경을 쓴다네. 이런 남편도 있어. 제법 호탕한 척하면서 자기 마누라가 낭비하는 돈은 마누라가 도박에서 딴 돈이라고 말하고 다닌다네. 세상 물정 모르는 남편은 도대체 그게 어떤 종류의 도박인지 생각도 안 해. 그저 마누라가 따온 돈에 대해 신에게 감사나 드리지. 이런 자들을 보면서 내가 비웃으면 안 된단 말인가? 이 어리석은 자들을 보고서 말이야?"

그러자 크리잘드가 딱하다는 듯이 말했다.

"그래, 자네 말이 옳을지 몰라. 하지만 남들을 비웃는 사람은 자기도 남들에게 비웃음당할 수 있다는 걸 알아야 하네. 사람 일을 어떻게 알 수 있단 말인가? 솔직히 남들에게 흔히 일어나는 불행한 일이 자네에게 일어나지 않으리라는 보장은 없어. 그때 다른 사람의 경우라면 그냥 속으로 웃으며 넘어갈 수도 있지. 하지만 자네의 경우는 다르다네. 자네는 너무 위험해. 바람피우는 아내를 두고 괴로워하는 남편들을 자네는 늘 웃음거리로 만들어왔으니 사방에 수많은 적을 만든 거야. 보는 사람마다 자네를 손가락질하고 비방할 걸세."

"참, 이 사람, 별걱정을 다 하네. 나는 여자들이 바람피울 때 어떤 계략을 세우는지 훤히 알고 있어. 내가 거기 넘어갈 리가 없지. 게다가 내가 결혼할 여자는 순진 그 자체야."

"무슨 말을 하는 건가? 바보 같은 여자와 결혼을 하겠다는 건가?"

"어수룩한 여자와 결혼한다고 내가 어수룩한 남편이 되는 건 아니야. 게다가 똑똑한 여자는 불길하기까지 해. 재주가 넘치는 여자를 아내로 맞으면 그 대가를 치러야 해. 그런 여자는 남편에게 사교 모임이나 남의 집 안방 이야기를 해댈 거야. 귀족들과 달콤한 편지를 주고받기도 하고, 그들이 집으로 찾아오기도 하겠지. 난 그런 부인에게 어울리는 남편이 되어야 하고, 구석에서 아무 말도 못 하는 성인군자가 되어야겠지? 안 돼, 안 될 말이야. 난 그런 고상한 여자는 원치 않아. 내 여자는 신에게 기도드릴 줄 알고, 나를 사랑할 줄 알며, 바느질과 길쌈을 할 줄 아는 것으로 충분하네."

"그러니까 어수룩한 여인을 자네 장난감으로 삼겠다는 거 아닌가?"

"뭐, 그런 셈이지. 나는 예쁘고 똑똑한 여자보다 못생겼어도 어수룩한 여자를 좋아한다는 말씀이야."

"좋아, 자네 말이 다 옳다고 치세. 하지만 어수룩한 여자도 탈선할 수 있어. 그걸 어떻게 보장해?"

"그건 자네가 몰라서 하는 소리야."

아르놀프는 친구의 말을 반박한 다음, 자기가 결혼하기로 한 여자를 어떻게 키워왔으며 그녀가 얼마나 순진무구한지 자초지종을 다 이야기해주었다. 그런 후 덧붙였다.

"내가 이만큼 신중하게 일을 처리했으니 잘못될 리가 없어. 자, 오늘 저녁 내 진정한 친구인 자네를 그녀와의 저녁 식사에 초대하네. 그녀가 어떤 여자인지 자네가 좀 봐주게. 그때 나를 비난해도 늦지 않아."

"알겠네. 하지만 그녀가 정말 그 정도로 순진하다니 믿기지 않아."

"이보게, 사실은 내가 이야기한 것 이상이라네. 그녀가 얼마나 순진한지 웃다가 기절할 지경이라니까. 언젠가는 정말 순진한 표정으로, 사람은 아기를 귀로 낳느냐고 내게 물은 적도 있을 정도야."

"그것참 재미있는 일이군, 아르놀프 양반!"

"자네 계속 나를 그 이름으로 부를 텐가?"

"아, 자네 최근에 다른 이름을 하나 지었지? '드라수슈' 씨라고? 도대체 왜 이름을 하나 더 만든 거야?"

"그럴 이유가 있어. 딴 사람들은 몰라도 자네만은 그 이름으로 나를 불러주길 바라네."

"알았네. 그러도록 하지."

그들이 길을 걸으며 이야기를 나누다보니 어느덧 아르놀프가 자기 애인 아녜스를 감춰놓고 기르는 집에 도착했다. 아르놀프는 크리잘드에게 잘 가라고 인사한 후 문을 두드렸다.

크리잘드는 길을 가면서 중얼거렸다.

"저 친구 아무리 봐도 제정신이 아니로군."

아르놀프가 문을 두드리자 아녜스의 하인 알랭과 하녀 조르제트가 서로 네가 열라고 승강이를 벌이는 소리가 안에서 들렸다.

화가 난 아르놀프가 소리쳤다.

"너희 둘 중 누구든 문을 열지 않는 연놈은 나흘 동안 먹을 것이 없을 줄 알아!"

그러자 이번에는 서로 먼저 문을 열겠다고 옥신각신하더니 결국 함께 문을 열었다. 아르놀프가 안으로 들어서며 알랭에게 말했다.

"아녜스한테 내려오라고 해라."

알랭이 2층으로 올라가자 그가 조르제트에게 물었다.

"아녜스 아가씨는 그동안 어떻게 지냈냐? 내가 없는 동안 좀 슬퍼하더냐?"

"슬퍼했냐고요? 아닌데요? 왜 슬퍼하지요?"

"뭐야, 아니라고?"

"시도 때도 없이 주인님이 돌아오실 거라고 생각하는데 왜 슬퍼해요? 말, 당나귀, 노새가 집 앞을 지날 때마다 아가씨는 그게 주인님 오시는 소리라고 생각하던데요."

아르놀프가 조르제트에게 눈을 부라리려는 순간 바느질감을 손에 든 아녜스가 위층에서 내려왔다. 그녀를 보자 아르놀프가 말했다.

"일감을 손에 들고 있군. 아주 좋아. 자, 아녜스, 내가 여행에서 돌아왔어. 어때 기쁘지 않니?"

"네, 주인님, 하느님께 감사해요."

"나도 너를 다시 보니 기분이 참 좋구나. 언제나 몸가짐을 올바로 했겠지? 그런데 지금 뭐하고 있는 거지?"

"제 잠자리 모자를 짓고 있어요. 주인님 잠옷과 잠자리 모자는 다 지어놓았어요."

"아주 잘했어. 자, 이제 네가 잘 지내는 걸 알았으니 올라가보도록 해라. 내 볼일 좀 보고 곧 돌아오마. 돌아와서 아주 중요한 이야기를 네게 해줄게."

아녜스가 위층으로 올라가자 그는 집 밖으로 나왔다. 그는 속으로 쾌재를 부르며 혼잣말을 했다.

"시대의 여걸들, 유식한 여인들아! 사랑과 감상에 빠진 사교계의 재주꾼 여자들아! 당신들이 아무리 유식하고 말재주 넘치

「**도둑맞은 키스** The Stolen Kiss」

프랑스 화가 오노레 프라고나르의 1870년경 작품. 바람난 여성을 묘사했다. 역사적으로 오랫동안 여성의 지위는 남성보다 낮았다. 17~18세기 유럽의 관습법에서 여성은 남성보다 훨씬 불리했다. 예를 들어 유산은 남자 중 맏이가 차지했다. 또 모든 형태의 종교에서 아내의 신체, 재산, 인생에 대한 실질적인 권력을 남편이 가지는 것으로 규정했다. 『아내들의 학교』에서 아르놀프가 아녜스를 대하는 태도에서도 이런 점을 엿볼 수 있다. 그러나 고대와 일부 발전한 면도 있었는데, 예컨대 남자 형제가 없으면 여성이 유산을 상속할 수 있었다.

고 글을 잘 쓰더라도 이 순박하고 무지한 여인이 지닌 장점과는 비교도 되지 않을 거야."

그가 밖으로 나와 얼마 걷지 않았을 때였다. 그는 눈을 휘둥그레 떴다. 뜻밖의 사람을 길에서 만난 것이다. 그의 오랜 친구 오롱트의 아들 오라스였다.

"아니, 이게 누구야? 내가 잘못 본 거 아닌가? 아니야, 맞아. 바로 그…… 오라……."

"아르놀프 아저씨!"

"그래, 오라스! 아니 여긴 웬일인가? 언제 왔어?"

"9일 됐습니다. 아까 댁에 들렀더니 안 계시더군요."

"시골에 있었네. 한 이틀 있었지. 그런데 세월이 참 빠르군. 요만할 때 봤는데 벌써 이렇게 건장한 청년이 되다니……. 그래 아버지는 잘 지내시나? 여전히 호탕하시겠지. 못 만난 지 벌써 4년이나 됐네."

"아르놀프 아저씨, 아버지께서는 저보다 더 기운이 넘치세요. 아버지께서 주신 편지를 가지고 왔습니다."

오라스가 아르놀프에게 편지를 전한 후 다시 말했다.

"그런데 아버지께서 무슨 볼일인가 생겼다며 곧 이곳으

로 올 거라고 하시더군요. 혹시 이곳 출신으로 아메리카에서 14년간 많은 돈을 벌고 귀향한 분을 알고 계신지요?"

"그 사람 이름이 뭔데?"

"앙리크라고 합니다."

"아, 내 친구 크리잘드의 매형이지."

"그분이 돌아오셨다고 제게 말씀해주시더군요. 그분과 함께 뭔가 중요한 일을 하실 게 있으신 모양입니다."

그사이 아르놀프는 오롱트의 편지를 뜯어 읽었다. 매우 격식을 차린 편지였으며 자신이 도착하기 전까지 아들을 좀 도와달라는 내용이었다.

"친구들끼리 주고받는 편지에 이렇게 격식을 차릴 필요 없는데……. 이런 인사말도 필요 없고. 이런 편지가 없어도 자네는 내가 가진 돈을 마음대로 쓸 수 있네. 얼마든지 빌려주지. 자네 아버지와 나는 보통 사이가 아니거든."

"그러시다면 숨김없이 말씀드리겠습니다. 제게는 지금 당장 100피스톨(약 150프랑)이 필요하답니다."

아르놀프가 말했다.

"저런, 말을 하자마자 바로 실행하게 만드는군. 자, 마침 내게 100피스톨이 있네. 지갑째 가져가게."

"무슨 증서라도 받으셔야……."

"아니, 그런 건 필요 없어. 그건 그렇고 자네 이곳에 와보니 어떤가?"

"정말 좋습니다. 더욱이……. 예, 아저씨께는 숨길 게 없겠지요. 사실 저는 이곳에 와서 얼떨결에 사랑을 경험했답니다. 아저씨께서 이렇게 호의를 베풀어주시니 말씀드리지 않을 수가 없군요."

그러자 아르놀프가 고개를 돌리더니 속으로 중얼거렸다.

'이거 또 불륜 이야기를 하나 듣게 되는군. 메모장에 적어놓을 만한 걸 거야.'

오라스가 말을 이었다.

"아저씨, 이 이야기는 제발 비밀로 해주셔야 합니다."

"뭐, 그러지……."

"아저씨, 믿고 이야기해준 둘 사이의 비밀이 다른 곳으로 새어나가면 신뢰가 깨질 수 있다는 거 잘 아시지요? 솔직히 다 말씀드릴게요. 이곳에서 제 영혼은 한 아름다운 여인에게 완전히 사로잡혔습니다. 일도 잘 풀려나가고 있어요. 제가 아주 조심스럽게 행동했고 말도 예의를 갖추어 했거든요."

아르놀프가 호기심에 가득 찬 눈으로 웃으며 말했다.

"그래, 그게 누군가?"

오라스가 어딘가를 손가락으로 가리키는 것을 보고 아르놀프는 대경실색했다. 바로 아녜스의 거처를 가리킨 것이다.

"풋풋한 제 사랑이 바로 저 집에 살고 있답니다. 저기 붉은 벽돌로 된 집 보이시지요? 어떤 정신 나간 남자가 어처구니없게 그녀를 사람들로부터 격리시켜 키웠답니다. 그녀를 노예로 만들기 위해서요. 그녀는 그것도 모르고 있습니다. 그만큼 순진한 거지요. 하지만 고혹적인 매력은 저절로 빛을 발하고 있답니다. 뭐랄까요, 사랑의 힘으로 사람을 끌어들이는 것 같다고나 할까……. 암튼 그 어떤 강철 심장을 가진 남자라도 저항하지 못할 정도였습니다. 아마 아저씨께서는 자세히 본 적이 없을 겁니다. 매력 넘치는 그 아름다운 사랑의 별을 말입니다. 이름이 아녜스라고 하더군요."

아르놀프는 놀라서 주저앉을 것만 같았다. 오, 하느님! 대체 어쩌다 이런 일이! 하지만 오라스는 아무 눈치도 채지 못했다. 그가 계속 말을 이었다.

"아저씨, 그 남자 말입니다. 이름이 무슨 드라…… 드라 주스라던가, 넥타라던가, 이 근처 사람들이 그렇게 부르는 것 같더군요. 사람들 말로는 부자긴 해도 그렇게 분별력 있는 사람은 아니라 했어요. 아저씨는 그 사람이 누군지 아세요?"

아르놀프가 고개를 돌리고 혼잣말을 했다.

'하, 이거 서 있을 힘도 없을 지경이군. 말도 못 하겠고. 정말 죽을 노릇이야!'

아르놀프가 아무 말이 없자 오라스가 재차 물었다.

"그런데 아저씨, 왜 아무 말씀이 없으세요?"

"아, 그래, 내가 그 사람을 알고 있네."

"미친놈이지요? 그렇지요?"

아르놀프는 "끙" 하고 앓는 소리를 낼 수밖에 없었다.

"그렇지요? 맞지요? 정말로 웃기는 사람이지요? 질투 덩어리지요? 얼간이고요. 아저씨, 제 말이 틀림없지요? 암튼 아녜스는 정말 아름다운 보석과 같아요. 제 마음을 완전히 사로잡았어요. 그런 아름다운 여인을 말도 안 되는 작자 손에 내버려둔다는 건 죄악이에요. 전 어떻게든, 그 질투쟁이가 있건 없건, 그 여인을 제 사람으로 만들 거예요. 제게 빌려주신 그 돈,

그 계획을 실행하는 데 필요한 돈이랍니다. 아저씨도 잘 아시지요? 무슨 일을 하건 돈이 열쇠가 된다는 것을. 이 달콤한 쇠붙이들은 전쟁에서뿐 아니라 사랑에서도 위력을 발휘하지요. 그런데 아저씨, 표정이 왜 그러세요? 어디 편찮으세요? 혹시 제 계획에 찬성하지 않으시는 건가요?"

"아닐세, 그저, 내 생각엔……. 그냥……."

"아, 피곤하신 거군요. 그럼, 이만 인사를 드릴게요. 곧 댁으로 찾아뵙고 감사 말씀 올리겠습니다. 다시 한 번 당부드립니다. 비밀을 지켜주세요. 제가 고백한 이야기 남들에게 말하지 말아주세요. 특히 아버지께는…… 아버지께서 화를 내실 수도 있거든요."

오라스는 아르놀프에게 인사를 하고 돌아서 가버렸다. 혼자 남은 아르놀프는 탄식할 수밖에 없었다.

"누가 이보다 더 황당한 꼴을 당할 수 있겠어! 아이고, 나한테, 다른 사람도 아니고 바로 나한테 저런 말을 막 하다니! 아, 내가 좀 더 참을성을 발휘했어야 했어. 저 녀석이 어디까지 갔는지 다 알아냈어야 했는데. 그래, 저 녀석을 바로 만나봐야겠어. 바로 따라가야지. 아이고, 온몸이 다 떨리는구나."

곧바로 오라스의 뒤를 따라가려던 그는 걸음을 멈추고 생각했다.

'아냐, 지금 이런 내 모습을 녀석에게 보이면 안 돼. 내 절망감을 녀석이 눈치채면 안 돼. 그래, 나는 쉽게 함정에 빠지는 사람이 아니야. 젊은 바람둥이 뜻대로 일이 쉽게 이루어질 수는 없지. 내가 그런 사람일 것 같아? 어떻게든 저 녀석 뜻대로 안 되게 막아야지. 우선 둘 사이에 어느 정도 일이 진행되었는지 알아봐야겠어. 그래, 일단 아녜스를 만나보는 거야. 나는 이미 아녜스를 내 아내로 생각하고 있는데 그녀가 그런 짓을 저지른다면 내가 치욕을 뒤집어쓰는 거지. 내가 바람피우는 아내를 둔 놈이 된다고! 말도 안 돼! 아, 모든 건 내 책임이야. 떨어져 있지 말았어야 했어. 여행을 가지 말았어야 했어.'

2

황급히 아네스의 거처로 되돌아온 아르놀프는 거세게 문을 두드렸다. 알랭이 문을 열어주자 그는 호통부터 쳤다.

"둘 다 이리 와봐. 하던 거 그대로 놔두고 어서 오라니까!"

주인의 사나운 기색을 본 조르제트가 호들갑을 떨었다. 그녀는 무릎을 꿇고 손을 싹싹 비볐다.

"어휴, 주인님, 무서워요. 피가 얼어붙는 것 같아요. 제발 저를 잡아먹지 마세요."

"너희 둘이 내가 없는 동안 짜고서 나를 배신했단 말이지? 나 참, 기가 막혀 말이 안 나오는군. 이 경을 칠 것들아! 그래,

웬 사내놈이 들락거리는 걸 못 본 척했단 말이냐?"

아르놀프의 호통에 알랭이 도망가려 하자 아르놀프는 그의 뒷덜미를 잡으며 고함을 질렀다.

"이놈, 어딜 도망가? 꼼짝 마! 움직이기만 하면 가만 안 두겠다. 어떻게 그놈이 이 집에 발을 들여놓게 된 거냐? 빨리 말해. 쓸데없는 생각 말고 빨리 말해. 말 안 해?"

둘은 무릎을 꿇고 빌기만 할 뿐 말을 하지 못했다. 사실 그들은 별로 할 말도 없었고 무슨 말을 해야 할지도 몰랐던 것이다. 그들이 아무 말 하지 않자 아르놀프는 직접 아네스에게 물어보기로 마음먹고 이층으로 올라갔다. 올라가는 그의 뒷모습을 바라보며 조르제트가 말했다.

"하느님 맙소사, 끔찍해! 그 눈빛 봤어? 정말 소름 끼칠 정도로 무서웠어. 저렇게 무시무시한 표정은 본 적이 없어."

"그 남자 때문에 화나신 거야. 분명 이렇게 될 거라고 내가 말했잖아."

"근데 도대체 왜 이러시는 거야? 왜 아가씨가 누군가를 만났다고 하니 저렇게 사나워지시는 거지? 왜 모든 사람에게 아가씨를 숨기려는 거지? 왜 누구도 아가씨에게 다가가는 걸 보고 싶지 않은 거지?"

그러자 알랭이 아는 척을 했다.

"질투가 나서 저러는 거야."

"아니, 질투가 뭔데 저렇게 날뛰는 거야? 그게 도대체 뭐기에 저렇게까지 화를 내는 거야?"

"음, 그러니까……. 잘 들어, 조르제트. 질투심은 사람을 격정에 휩싸이게 하는 거야. 질투심 때문에 주위 사람들을 쫓아내지. 내가 비교를 하나 해줄까? 아마 이런 걸 거야. 네가 맛있는 음식을 먹으려 하는데 어떤 굶주린 사람이 와서 그걸 먹으려고 하면 너는 화나서 그 사람을 쫓아내겠지?"

그러자 조르제트가 고개를 끄덕였다.

"아하, 이제 알겠네."

"바로 그런 거야. 여자는, 그러니까, 남자의 맛있는 음식이지. 거기에 다른 남자가 손을 대려고 하면 불같이 화를 내는 거야."

"그래, 알겠어. 그런데 사람들은 다 똑같지는 않은가 봐. 자기 부인이 높은 나리와 함께 있으면 좋아하는 남자도 있잖아."

"모든 사람이 주인님처럼 탐욕스러운 사랑을 하는 건 아니니까."

"뭐가 그리 복잡해? 어휴, 정말 머리 아프네. 저기 주인님 다시 오신다. 정말 고민에 빠지신 모습이네……."

아르놀프는 하인과 하녀를 본 척도 안 하고 아녜스와 마당으로 산책을 나섰다. 마음을 좀 가라앉히고 차분히 물어보면 아녜스가 자초지종을 말해주리라는 생각에서였다.

그가 아녜스에게 넌지시 말을 걸었다.

"날씨가 아주 좋구나. 뭐 새로운 소식이라도 있니?"

"그 작은 고양이가 죽었어요."

"안됐구나. 하지만 어쩌겠니. 살아 있는 건 모두 죽기 마련인 걸. 각자 순서가 다를 뿐이지. 내가 시골에 가 있는 동안 비는 오지 않았어?"

"아뇨?"

"지루했겠네?"

"전 지루했던 적이 없는데요."

"열흘간 뭐 하고 지냈지?"

"블라우스를 여섯 벌 만들었어요. 잠자리 모자 덧씌우개도

여섯 장 지었고요."

원하던 대답이 나오지 않자 아르놀프가 정색하고 말했다.

"사랑하는 아네스, 세상은 이상한 곳이란다. 별별 중상모략들을 다 하지. 내가 없는 동안 웬 낯선 젊은이가 이 집에 왔었다는 말도 안 되는 이야기를 하는 사람이 있어. 그가 떠벌리는 말과 눈짓 때문에 네가 고통을 받았다고……. 내가 그 사람하고 내기를 할 거야. 그런 말도 안 되는 일이 도대체……."

아네스가 놀라서 말했다.

"세상에, 내기 걸지 마세요. 지실 거예요."

"뭐라고! 그럼 사실이란 말이야? 낯선 남자가……."

"사실이고말고요. 우리 집에서 나가지도 않았는걸요. 맹세할 수 있어요."

아르놀프는 기가 막혔다. 아무튼 그런 사실을 순순히 고백하는 걸 보니 그녀가 순진하다는 건 확인할 수 있었다. 그가 다시 말했다.

"아네스, 내 기억이 맞는다면, 네가 사람 만나는 걸 내가 금지했을 텐데"

"그러셨어요. 하지만 제가 그 사람을 만난 건……. 아마 주인님이라도 저처럼 하셨을 거예요. 제가 발코니에 서 있는데 잘생긴 젊은 분이 집 근처 나무 밑을 지나가고 있었어요. 서로 눈을 마주쳤지요. 그분이 제게 아주 정중하게 인사를 건넸어요. 저도 예법에 어긋나지 않게 예의를 갖춰 인사했고요. 다 주인님이 가르쳐주신 거잖아요.

그런데 그분이 한 번 더 인사를 하시잖아요. 저도 다시 인사했지요. 그런데 그분이 세 번째 인사를 또 하는 거예요. 저도 바로 답례했지요. 그런데 그분이 길을 가다가 돌아와서 다시 인사를 하지 않겠어요. 점점 더 멋진 인사였어요. 저는 그분을 뚫어지게 바라보면서 매번 답례를 했어요. 만일 밤이 되지 않았다면 계속 그러고 있었을 거예요. 절대 양보하고 싶지 않았어요. 제가 그분보다 예절 바르지 못하다는 평을 받으면 안 되잖아요."

'거참, 기가 막히는군.'

아르놀프는 속으로 중얼거렸다.

그가 가만히 있자 아네스가 말을 이었다.

"그런데 다음 날 웬 할머니 한 분이 집 문 앞에 와서 제게 말했어요. '아가씨, 자비로우신 신의 은총이 있으시기를! 그리고 그 아름다움을 오래 간직할 수 있게 해주시기를! 그런데 아가씨, 신이 아가씨를 아름답게 만든 건 그 미모를 나쁜 일에 쓰라는 뜻이 아니었다오. 아가씨가 한 남자 마음을 다치게 했고 그 사람은 한탄만 하고 있다는 걸 아가씨는 알아야 해요.' 글쎄 이러잖아요."

그러자 아르놀프가 신음 소리를 내며 속으로 중얼거렸다.

'이런 사탄의 앞잡이 같은 할망구! 저주받을 할망구 같으니라고!'

아녜스는 이야기를 계속했다.

"제가 놀라서 그 할머니께 물었어요. '할머니, 제가 누구를 다치게 했다고요?' 그러자 할머니가 대답했지요. '어제 아가씨가 발코니에서 내려다본 그 젊은이 말이라오.' 제가 말했지요. '저런, 저 때문에 그러신다고요? 제가 저도 모르게 무슨 짓을 했단 말인가요?' '아니라오. 아가씨의 눈이 운명의 일격을 가한 거지. 모든 불행은 눈빛에서 오는 거라오.' '어머나, 하느님 맙소사! 제 눈이 나쁜 짓을 했다고요? 어떻게 그런 일이 있을 수 있어요? 제 눈이 나쁜 짓 하려고 생겨난 거라고요?' '그렇다오. 아가씨의 눈이 아가씨도 모르게 운명이라는 독을 품게 된 거지. 간단히 말해 그 가련한 젊은이가 고통에 빠졌다오. 만일 아가씨가 구원해주지 않는다면 그 총각은 금방 땅에 묻히게 될 거라오.' 참 인정 많은 할머니지요? 저는 놀라서 답했어요. '하느님 맙소사! 만일 그렇게 되면 저는 정말 큰 고통에 빠지게 될 거예요. 그분을 구하려면 어떻게 해야 해요? 그분이 제게 무엇을 바라시나요?' 그러자 할머니가 제게 말해주었어요. '그 총각은 아가씨를 만나서 이야기를 나누고 싶어 한다오. 아가씨의 눈만이 그를 죽음으로부터 막아줄 수 있어요. 그 사람의 고통을 치료하는 의사가 될 수 있다는 거지.' 저는 대답했어요. '그렇다면 당연히 제가 할 일을 해야지요. 그분이 원하시면 언제든 여기로 저를 보러 오셔도 돼요.'"

아르놀프의 신음 소리가 커질 수밖에 없었다.

'아! 영혼을 독살시키는 저주받을 마녀! 지옥에 떨어져 그 간계의 대가를 받을 거야!'

그가 괴로운 표정을 짓는 것을 아는지 모르는지 아녜스가 이야기를 계속했다.

"저를 만나더니 그분은 금방 회복되셨어요. 주인님 보시기에도 제가 잘한 거지요? 그분이 제 도움을 받지 못하고 죽게 내버려둘 수는 없는 노릇이잖아요. 제가 고통받는 사람들을 동정하는 거 아시잖아요? 닭 한 마리 죽이는 걸 보고도 눈물 흘리는 걸 아시잖아요?"

아르놀프는 기가 막혔지만 대답을 할 수가 없었다. 자신의 잘못을 탓할 수밖에 없었다. 그는 중얼거렸다.

"이 모든 게 이 애가 너무 순진해서 생긴 일이야. 자리를 비운 내가 잘못이지. 이 마음 착한 여자를 보호자도 없이 내버려 두었으니. 교활한 바람둥이 녀석에게 무방비로 노출된 거야. 그 불한당 놈이 한순간의 놀이에서 그쳤으면 좋겠는데……."

그제야 아네스가 아르놀프의 심상치 않은 표정을 보고 말했다.

"왜 그러세요? 뭐라고 혼잣말을 하시는 거지요? 제가 잘못한 건가요?"

"아냐, 넌 잘못한 게 없어. 그래 그다음에는 어떻게 됐지? 그 젊은이가 이 집에 와서 뭘 했지?"

"세상에, 그렇게 좋아할 수가 없었어요. 그분이 저를 보자마자 어떻게 병이 나아버렸는지 보셨어야 하는데……. 그분이 제게 선물해준 작은 상자와 알랭과 조르제트가 나누어 가진 돈도요. 주인님도 그분을 틀림없이 좋아하셨을 거예요. 우리도 그분을 너무 좋아했거든요."

“그래, 그건 그렇고, 그 사람이 너와 단둘이 있을 때 무슨 짓을 했어?”

“그분은 이 세상에 둘도 없는 사랑으로 저를 흠모하겠다고 말했어요. 세상에서 제일 친절한 말씀이었지요. 그 말을 들을 때마다 뭔가 모르게 감미로웠고 뭔가가 요동쳤어요. 뭔지 모르겠지만 암튼 감동받았어요.”

아르놀프에게는 갈수록 태산이었다.

‘오, 끔찍한 운명이여, 그놈의 운명이 나를 아주 힘든 시험에 들게 했구나. 아이고, 나만 모든 고통을 다 뒤집어쓴 꼴이로군.’

그는 다시 아네스에게 물었다.

“아네스, 그자가, 말을 하면서 네 몸을 더듬지는 않았나?”

“어휴, 많이 더듬었지요. 제 손과 팔을 잡고 거기다 입맞춤을 했어요. 지치지도 않더군요.”

그는 눈으로 아네스의 은밀한 곳을 보며 말했다.

“다른 곳은 잡지 않았어?”

그러자 아네스 입에서 정말 깜짝 놀랄 말이 나오고 말았다.

“그 사람이 제게서…….”

아르놀프는 저도 모르게 풀쩍 뛰었다.

"뭐야? 네게서? 뭘 어쩐 거야?"

"가져가버렸어요……."

"오, 맙소사. 뭘?"

"그걸요."

"좋았어?"

"제가 어떻게……. 주인님이 화내실 거예요."

"아니야. 화 안 낼게. 그래 정말 가져갔단 말이야?"

"그 사람이 저의 그것을 가져가서……. 주인님, 정말 화 안 내실 거죠?"

"아니라니까! 화 안내. 제길, 도대체 그 사람이 뭘 가져갔단 말이냐?"

"그 사람이……."

아르놀프는 환장할 것 같았다. 그러자 아네스가 말했다.

"그분이, 그분이 주인님께서 제게 주신 리본을 가져가버렸어요. 저도 어쩔 수 없었어요."

아르놀프는 깊은숨을 몰아쉬었다.

"리본은 그렇다 치고 그 사람이 네 손에 입맞춤한 것 외에 다른 짓은 안 했느냐고?"

아네스가 놀란 눈을 하고 물었다.

"네? 다른 것도 하는 건가요?"

"아니, 그게 아니고, 그 남자가 자기 병을 고쳐달라며 다른 치료법을 요구하지 않았나 하는 거야."

"아뇨, 그런 거 없었어요. 하지만 만일 그분이 그런 걸 요구했다면 그분을 구하기 위해 전 어떤 것이든 허락했을 거예요. 제가 그러리라는 걸 잘 아시잖아요."

아르놀프는 안도의 한숨을 내쉬었다. 그가 아네스에게 말했다.

"아네스, 모두 네가 너무 순진해서 생긴 일이다. 그 바람둥이 녀석이 감언이설로 꼬드겨서 너를 망쳐놓고 즐거워하려 했던 거야. 그자가 속에 품고 있는 생각을 너처럼 순진한 사람이 알 리 없지. 아무튼 그 바람둥이 녀석의 시답잖은 이야기를 듣는 일, 감상에 젖어서 손에 입 맞추게 하는 일, 그러면서 마음으로 달콤하게 여기는 일, 그런 일들은 아주 심각한 죄악 가운데 하나란다."

"네? 그게 죄악이라고요? 이유가 뭐죠? 제발 말씀해주세요."

"하늘이 노하실 일인데 무슨 이유가 따로 있어?"

"하늘이 노하신다고요? 왜 하늘이 그런 일에 노하시지요? 이상하네요. 정말로 즐겁고 감미로운 일인데 왜 하늘이 노하시지요? 저는 정말 커다란 기쁨을 느꼈는데……. 정말 주인님 말씀을 못 알아듣겠어요."

"맞아. 사랑의 기쁨은 모든 것 중 으뜸이지. 그 친절한 말들, 그 감미로운 손길……. 그러나 이 모든 것은 정숙한 상태에서 맛봐야만 해. 결혼을 하면 그 모든 것이 죄악에서 벗어나는 거란다."

"결혼만 하면 그 모든 것이 더 이상 죄악이 아니라는 말씀인가요?"

"맞아."

"그럼 결혼하게 해주세요. 빨리요."

"네가 원한다니 그렇게 하마. 사실 너를 결혼시키기 위해 내가 다시 온 거란다."

"정말이에요? 주인님은 정말 너무 친절하세요. 저를 기쁘게 해주시니까요."

"그래, 너도 기뻐할 줄 알았다. 암 그래야지."

"아이, 좋아라. 결혼하고 나면 주인님을 꼭 안아드릴게요."

결혼 축복

15세기 민담 『아름다운 멜루지나(Fair Melusina)』에 실린 삽화. 주교가 침대 곁에서 두 사람의 결혼을 축복하는 장면을 묘사했다. 유럽에서는 기독교 시대 초기부터 결혼은 개인 간의 문제로 여겼다. 종교 의례를 비롯한 어떤 예식도 필요 없었다. 그러나 12세기 들어 아내는 남편의 성을 따르게 되었고, 16세기 후반부터는 부모의 동의뿐 아니라 교회의 승인도 받아야 결혼이 가능해졌다. 1563년 트리엔트 공의회에서는 두 사람의 증인이 지켜보는 가운데 성직자가 결혼식을 집행해야 한다고 규정했다. 한편 교회는 왕실이나 귀족 계층에서 흔했던 가문 간 합의에 따른 강제 결혼에 반대했다. 이 때문에 결혼 상대자를 자유롭게 선택한다는 생각이 널리 확산되어갔다.

"흠, 나도 그렇게 할 거다."

"그런데 언제 결혼시켜주실 건가요?"

"오늘 저녁 당장."

"오늘 저녁 당장에요?"

"왜, 오늘 저녁 당장이라니 기뻐?"

"주인님, 정말 감사해요. 주인님께 정말 큰 빚을 지는 것 같아요. 그럼 오늘 저녁부터 그분과 함께 얼마든지 기쁨을 누려도 되겠네요?"

아르놀프는 뒤통수를 한 대 맞은 것 같았다. 아, 순진하다 못해 이렇게 숙맥이라니!

"누구랑 함께?"

"그, 그러니까……."

"그분이라니! 그 사람은 우리 결혼과 상관없어. 제발 부탁인데 이제 그 사람과는 관계를 끊어. 너를 가지고 놀려고 꾸며댔던 거야. 자, 그 친구가 네게 살랑거리며 말을 걸려고 하면 정숙하게 문을 걸어 잠가. 문을 두드리면 창문으로 돌을 던져. 절대로 다시 나타나게 하면 안 돼. 아네스, 내 말 듣고 있지? 내가 구석에 숨어서 네 행동을 다 지켜보고 있을 거다."

"세상에, 그분은 너무 잘생기셨어요! 게다가……."

"무슨 말이 그렇게 많아. 더 이상 아무 말 말고 위층으로 올라가."

"주인님, 무슨 말씀을 하시는 건지? 주인님은 그럼……."

"됐어. 난 네 주인이야. 명령이야, 올라가. 시키는 대로 해!"

3

아르놀프는 정신이 혼란스러웠지만 마음을 다잡았다.

'그래, 오늘 하루만 잘 단속하면 돼.'

게다가 결정적으로 그가 안심할 만한 일이 벌어졌다. 집 안에 몰래 숨어서 보니 다시 찾아온 오라스에게 아녜스가 돌을 던지는 것이 아닌가?

그는 고개를 끄덕이며 미소 지었다.

'그래, 저 애는 내가 시키는 대로 하고 있는 거야. 이제 서둘러 결혼식만 마치면 만사 오케이야. 그래도 마지막 단속을 잘 해야지.'

그는 아네스와 알랭, 조르제트를 불러 모으고 말했다.

"자, 모든 일이 잘되었다. 모두 내가 시키는 대로 잘해주었어. 그 젊은 바람둥이 녀석도 이제 완전히 헷갈릴 거야. 아네스, 네 순진함이 습격을 당한 거야. 네가 어떤 지경에 있었는지 한번 생각해봐. 내가 바로 잡아주지 않았으면 너는 그 길을 계속 갔을 거야. 그 지옥과 파멸의 길을……. 젊은 바람둥이들이 하는 짓은 한결같아. 너무 빤하지. 잔뜩 멋을 낸 채 다정한 말을 해대지. 하지만 내 분명히 말하는데 그 속엔 발톱이 감추어져 있어. 그놈들은 진짜 사탄이야. 썩은 주둥이로 여자들 명예를 더럽힐 궁리만 하고 있지. 너는 미리 조심한 덕분에 거기서 빠져나올 수 있었던 거야. 네가 그 녀석에게 돌을 던지는 걸 보니까 이제 안심할 수 있겠다. 녀석의 음흉한 계획은 다 어긋난 거야. 우리 결혼을 더 이상 미루면 정말로 안 되겠어. 자, 너희 혹시라도 또 딴마음을 품은 건 아니겠지?"

그러자 조르제트가 말했다.

"주인님 교훈을 명심하겠습니다. 그 남자분이 우리를 속인 거예요. 하지만……."

그러자 알랭이 그녀의 말을 막고 나섰다.

"만일 그가 또 온다면 저는 다시는 술을 안 마시겠어요. 그런 얼간이가 주는 돈도 안 받겠습니다. 그깟 얼마 되지도 않는 돈……."

"자, 너희는 내가 말한 저녁 식사 거리를 사 오너라. 그리고 우리 결혼 계약 때문에 그러니 너희 둘 중 한 명은 사거리 모퉁이에 살고 있는 공증인을 모셔 와라."

둘이 밖으로 나가자 아르놀프가 아네스에게 말했다.

"내 이제부터 내가 너에게 아주 유익한 말을 해줄 테니 잘 들어라. 일감은 저리 두고 얼굴을 들어봐."

아네스가 일감을 옆으로 밀어놓고 고개를 들자 그가 길게 일장 연설을 했다.

"자, 이제부터 내가 하는 말을 잘 명심해라. 나는 너와 결혼한다. 결혼하기 전까지는 당신이라고 부르지 않겠다. 넌 하루에도 수백 번씩 네가 맞게 된 행운에 대해 감사해야 한다. 네가 얼마나 천한 신분이었나 생각해봐라. 그 생각을 하며 어진 나를 찬미해야 한다.

나는 너를 가난한 농민의 신분에서 명예로운 부르주아 서

열로 올려주었다. 그리고 수많은 청혼을 물리친 한 남자와 기쁜 마음으로 실컷 포옹하며 잠자리를 즐길 수 있게 해주었다. 그 남자가 수십 군데서 온 청혼을 모두 거부하고 너를 선택한 덕분이다. 그 남자가 바로 나다. 그렇지 않았다면 네가 얼마나 하찮은 신분에 머물러 있었을 것인가를 늘 생각해야 한다. 그래야 내가 네게 마련해준 자리에 걸맞은 사람이 될 수 있다.

아네스, 결혼은 장난이 아니다. 여인이 누군가의 부인이 된다는 건 엄격한 사회적 의무들을 지니게 되는 걸 뜻한다. 네 신분이 상승했다고 해서 방종해지지 말라는 뜻이다. 여자는 남자에게 복종해야 한다. 절대 권한은 남자에게 있는 거지.

남성과 여성 둘이 결합하는 게 결혼이지만 두 성은 절대로 동등하지 않다. 하나는 우월한 반쪽이고 다른 하나는 열등한 반쪽이다. 아내는 언제나 남편에게 복종하고 온순해야 한다. 졸병이 대장에게 복종하는 것이나 하인이 주인에게, 아이가 아버지에게 복종하는 것 이상으로 복종해야 한다.

남편은 아내를 정색하고 쳐다볼 수 있다. 그럴 때 아내는 눈을 내리깔아야 한다. 남편이 아무리 부드럽게 대하더라도 감히 똑바로 쳐다보면 안 된다. 이걸 요즘 여인들이 너무 모르고 있다. 제발 그런 건 배우지 마라. 천한 그 논다니들 흉내를 내지 마라. 그리고 악마의 유혹에 넘어가지 마라. 다시 말해, 그 어떤 바람둥이의 달콤한 말에도 넘어가지 말라는 말이다.

잊지 말아라. 네가 내 반쪽이 되면 너는 내 명예를 떠맡게 되는 셈이다. 그 명예는 깨지기 쉬우며 작은 일에도 상처를 입는다. 그러니 그 명예를 가지고 장난하면 안 된다. 인생을 착실히 살지 못한 여인들은 영원히 지옥의 끓는 가마솥에 갇히게 된다는 것도 명심해라.

자, 내가 한 말을 모두 가슴에 담았느냐? 내 말을 따른다면 네 영혼은 항상 백합처럼 희고 청순할 것이다. 만일 조금이라도 명예를 더럽히는 일이 생기면 네 영혼은 석탄처럼 시커멓게 될 거다. 너는 모든 사람에게 끔찍한 사람이 될 거다. 그리고 언젠가는 악마의 소유가 되어 지옥의 끓는 물에 빠지게 될 거다. 결혼은 신성한 것이다. 수녀원의 수녀가 그렇게 하듯이 결혼을 앞둔 여자도 자신의 임무를 외워놓아야 한다. 여기 결혼을 앞둔 여자가 명심해야 할 행동 원칙이 있으니 어디 내 앞에서 한번 읽어봐라. 잘 읽는지 보자."

그러더니 아르놀프는 주머니에서 작은 책자를 꺼내어 아녜스에게 건넸다. 책자를 받은 아네스는 그 내용을 읽어 내려갔다.

"원칙 1, 결혼한 여인은 절대로 다른 사람의 침대에 들어가면 안 된다. 그 권리는 결혼한 남편에게만 있다.

원칙 2, 여인은 남편이 원하는 것 이상으로 치장을 해서는 안 된다. 여인이 몸을 아름답게 가꾸는 것은 오로지 남편을 위해서다.

원칙 3, 얼굴을 꾸미는 모든 화장품을 멀리하라. 모두 정절을 죽이는 마약들이다. 그것들은 남편에게는 아무 소용없는 것들이다.

원칙 4, 외출 시에는 눈빛을 모자 밑에 감추어라. 남편 마음에 들기 위해서는 다른 누구의 마음에 들어서도 안 되기 때문이다.

원칙 5, 남편을 찾아오는 사람 외에는 누구도 집 안에 들여서는 안 된다. 안주인에게 볼일이 있어 찾아오는 사람은 남편을 불안하게 만들기 때문이다.

원칙 6, 여인은 남자들의 선물을 단호히 거절해야 한다. 요즘 사람들은 아무 의미도 없는 선물을 하는 버릇이 있기 때문이다.

원칙 7, 여인이 집 세간살이에 싫증이 나더라도 책상, 잉크,

종이, 펜을 바꾸려 하지 마라. 그런 것들은 여인이 신경 쓸 물건들이 아니기 때문이다. 글쓰기 도구는 모두 남편 것이다.

원칙 8, 아름다운 모임처럼 보이는 방종한 사교계는 드나들지 말아야 한다. 그곳에서 가련한 남편들에 대한 음모가 꾸며지기 때문이다.

원칙 9, 명예를 존중하는 여인은 도박을 삼가야 한다. 여인은 전 재산을 걸 지경까지 도박에 빠질 염려가 있기 때문이다.

원칙 10, 여인은 다른 사람과 야외 산책이나 외식 등을 하지 말아야 한다. 그런 선물을 줄 수 있는 이는 남편뿐이라고 지혜로운 현자들이 말했기 때문이다."

아녜스가 거기까지 읽자 아르놀프가 자리에서 일어나며 말했다.

"자, 나머지는 너 혼자 읽어도 될 거다. 그 뜻은 내가 나중에 설명해주지. 내가 할 일이 좀 생겼다. 그 책을 소중히 간직하고……. 그리고 공증인이 오거든 잠시 기다리라고 해라."

말을 마친 아르놀프는 아녜스를 집에 둔 채 밖으로 나왔다.

밖으로 나온 그는 모든 일이 잘되어가는 것에 기분이 좋았다. 아녜스가 마치 손안에 들고 있는 밀랍 같다는 생각이 들었다. 그는 그녀를 자신이 원하는 모양대로 만들 수 있다고 믿었다. 그는 생각했다.

'그래, 내가 잠시 소홀한 틈을 타서 불순한 자가 끼어든 거야. 하마터면 당할 뻔했지. 하지만 아녜스가 순진해서 정말 다행이야. 순진한 사람들은 교훈을 잘 따르게 되어 있어. 한두 마디면 옳은 길로 들어서게 할 수 있거든. 하지만 머리 좋은 여자는 완전히 달라. 머릿속에 들어 있는 것으로부터 떼어내기가 힘이 든단 말이야. 무얼 가르쳐도 금방 지워질 뿐이야. 그 좋은 머리로 우리가 준 강령을 비웃지. 그러고는 자기가 저지르는 죄악을 금방 정당화시켜버리지. 그 머리로 남편들을 속일 수 있는 궤변들을 생각해내고. 오라스 그 녀석, 내게 자기 속마음을 떠들어대서 참 다행이야. 우리 프랑스 사람들이 지닌 흠이지. 어리석은 허영심에 사로잡혀 비밀을 속에 감추고 있지 못하거든.'

그가 그런 생각을 하며 길을 가고 있는데 호랑이도 제 말하면 온다더니 마침 오라스가 나타났다.

"아, 여기 계셨군요. 아저씨를 뵈려고 댁에 다녀오는 길입니다. 말씀드릴 게 있어서……. 그런데 안 계시더군요."

"아, 마침 잘됐군. 나도 자네를 만나고 싶었네. 자네 사랑 이야기가 궁금해서 물어보려던 참이었거든. 이야기가 초반부터 상당히 빨리 진행되더군. 놀라워. 그래서 흥미를 갖게 된 거지."

"사실, 아저씨께 제 속마음을 보여드린 후 제게 불행이 닥쳤습니다."

"아니, 그게 무슨 말인가?"

"그 아름다운 여인의 주인이 돌아왔습니다. 아, 잔인한 운명이라니!"

"저런, 그래서 어찌 되었나?"

"그뿐 아니라 그 주인이 우리 둘 사이 비밀을 알게 되었어요. 어떻게 알았는지 정말 궁금합니다. 어쨌든 그가 알게 되었다는 건 확실합니다. 조금 전에 그 여자를 만나려고 찾아갔습니다. 아저씨 댁으로 찾아가기 전이지요. 그런데 웬일인지 하녀와 하인의 태도가 싹 바뀌었습니다. 저를 보더니 '그냥 가세요!' 하면서 문을 쾅 닫아버리는 것 아니겠습니까?"

"자네 면전에서 문을 닫았단 말인가? 좀 심했구먼."

"그뿐이 아니었습니다. 아네스가 창문을 통해서 제게 돌을 던지더니 주인님이 곧 돌아오실 거라고 말하더군요. 아주 단호한 목소리였습니다."

아르놀프는 속으로 쾌재를 불렀다. 그는 시치미를 떼고 말했다.

"아니, 돌을 던졌다고? 저런, 무슨 그런 짓을!"

"그 주인인가 뭔가 하는 사람이 돌아오더니 저를 고통에 빠뜨렸습니다. 제 모든 계획을 망쳐놓은 거지요. 하지만……."

모든 게 자기 생각대로 되어간다고 생각한 아르놀프는 짐짓 오라스를 부추겼다.

"그런 정도 가지고 뭘 그러나? 힘내서 좋은 방법을 찾아보게. 어쨌든 그 여자는 자네를 사랑하고 있겠지?"

"그럼요."

"끝까지 가겠지?"

"그러고 싶습니다. 실은 아저씨도 놀랄 만한 말씀을 드리고 싶습니다. 그 젊고 순진한 여인에게 그런 대담함이 숨어 있었다니! 정말 사랑은 위대한 스승입니다. 사랑은 사람들이 평소에 꿈도 꾸지 못하던 자신의 모습을 새롭게 알게 해주지요. 또 한순간에 우리 성격을 완전히 바꿔놓기도 하고요. 사랑은 힘든 장애물도 단번에 돌파하게 해주고 기적 같은 일이 벌어지게도 하지요. 구두쇠를 일순간에 인심 후한 사람으로 만드는가 하면, 겁쟁이를 용사로 만들기도 하고 야만인을 교양인으로 만들어주기도 하지요. 돌머리를 똑똑한 사람으로 만들어주기도 하고 순진한 사람에게 기지를 주기도 하지요. 그런데 아녜스가 바로 그 마지막 경우였습니다. 그녀로부터 돌 세례를 받고 절망해 있는 저에게 그녀가 이렇게 말했습니다.

'물러가세요. 제 영혼이 당신이 집에 들어오는 걸 거부한답니다. 저는 당신이 무슨 말을 하는지 아주 잘 알아요. 이게 제 대답입니다.'

그러더니 돌 밑을 손가락으로 가리키더군요. 거기 편지가 있었던 것입니다. 아, 그 의미심장한 내용! 그녀의 강렬한 열정이 놀라운 일을 할 수 있게 한 겁니다. 아저씨, 그 편지 내용이 궁금하시죠?"

아르놀프는 으음, 하고 신음 소리를 냈다.

"아저씨, 저와 함께 기쁨의 미소를 지으셔야 할 겁니다. 그 무지막지한 사내, 나를 그 집 안에 들여놓지 못하게 만든 그 질투쟁이가 자기 꾀에 넘어간 거죠. 그 순진한 여인에게 당하고 있는 거예요. 정말 재미있는 일 아닌가요? 처음에는 그자가 저를 곤란에 빠뜨린 줄 알았는데 실은 그자가 놀림감이 된 셈입니다. 우습지 않으세요? 그런데 별로 안 웃으시는 것 같네요."

아르놀프는 억지로 웃는 표정을 지었다.

"미안하네만, 내 딴에는 엄청 크게 웃고 있는 거라네."

"자, 아저씨, 제가 편지를 읽어드리지요. 그 여인은 여기에 자기 마음으로 느끼는 것을 모두 옮겼답니다. 그녀의 착함, 티끌 하나 없는 사랑을 보여주는 감동적인 글이지요. 한 순결한 존재가 첫사랑의 상처를 가슴 떨리게 보여준 거예요."

아르놀프는 고개를 외로 꼬며 중얼거렸다.

"이런 방탕한 것, 글을 언제 배웠단 말인가? 글을 이런 데 써먹다니!"

오라스는 주머니에서 편지를 꺼내더니 읽었다.

"저는 당신께 편지를 쓰고 싶습니다. 그러나 어떻게 시작해야 할지 난감합니다. 제가 엉뚱한 말을 쓸까 봐, 하지 말아야 할 말을 쓸까 봐 두렵습니다. 사실 저는 당신이 제게 무슨 일을 한 것인지 모릅니다. 하지만 이것만은 확실합니다. 당신 없는 세상에서는 제가 엄청나게 고통스러워할 것이라는 것, 그리고 당신을 적대시할 수밖에 없게 만든 모든 일에 대해 엄청나게 화가 나 있다는 것도 확실합니다.

당신과 함께라면 행복할 것을……. 아마 이런 이야기를 하는 게 나쁜 일일지도 모릅니다. 그러나 이 이야기를 안 할 수는 없습니다. 이 이야기가 그 누구에게 아무런 해도 끼치지 않았으면 좋겠습니다. 누군가 제게 말하기를 모든 남자는 거짓말쟁이니 그들 말을 들어서는 안 된다더군요. 당신이 제게 한 말도 저를 농락하기 위한 거라고 하더군요. 그러나 당신이 그러리라고는 상상도 되지 않는다고 분명히 말씀드릴 수 있어요. 제발 제게 솔직하게 말씀해주세요. 만일 당신이 저를 속이는 거라면 당신은 이 세상에서 가장 큰 잘못을 저지르는 것입니다. 그리고 저는 그 고통으로 죽어갈 것입니다."

아르놀프의 입에서 자신도 모르게 '개 같은 계집'이라는 욕설이 터져 나왔다. 오라스가 왜 그러시냐고 묻자 그는 기침이 나왔을 뿐이라고 얼버무렸다.

오라스가 이야기를 계속했다.

"이보다 더 달콤한 표현을 본 적이 있으세요? 이토록 아름다운 심성을 보신 적이 있으세요? 그자는 악마가 틀림없어요. 그 아름다운 영혼을 망쳐놓으려 하다니! 사랑은 이미 그 여인을 감싸고 있던 장막을 찢어버리기 시작했어요. 내가 그 순 짐승 같은 자, 음흉한 망나니, 상종 못 할 야만인을 만날 수만 있다면……. 내 그냥……."

아르놀프는 한시라도 빨리 오라스 곁에서 벗어나고 싶었다. 그는 급한 일이 있다며 가던 길을 가려 했다. 그러자 오라스가 마지막으로 그에게 말했다.

"저, 그 여인을 너무 엄하게 감시하고 있어서 드리는 말씀인데요. 혹시 그 집에 쉽게 접근할 수 있는 사람 모르시나요? 도움을 좀 청하려고요. 사실 저를 도와주던 노파가 있었는데 그만 나흘 전에 세상을 떠났지 뭡니까? 아저씨 뭐 좀 방도가 없겠습니까?"

아르놀프는 자네가 알아서 잘 찾아보라며 그의 곁을 떠났다. 그의 등 뒤에 대고 오라스가 비밀을 지켜달라고 큰 소리로 외쳤다.

오라스와 헤어진 아르놀프는 죽을 맛이었다. 그는 속으로 아네스를 욕했다.

'뭐야, 그렇게 머리를 잘 굴려? 순진한 게 아니잖아. 내 눈 앞에서 순진한 척하면서 사기를 쳤다니?.'

그는 이어서 오라스를 저주했다.

'아냐, 문제는 그놈이야. 그놈이 악마야. 악마가 그 애 영혼에 이런 술책을 마련해준 거야. 그놈이 그 여자를 쥐고 흔드는 거라고. 아이고, 그놈 때문에 내 사랑, 내 명예가 모두 상처를 입고 말았어. 아, 사랑하는 사람을 잃는다는 건 얼마나 가슴 아픈 일인가!'

그러다가 그는 깜짝 놀랐다.

'아니, 내가 무슨 소리를 한 거지? 내가 그 여자를 사랑하다니! 오, 하늘이시여! 어찌하여 내가 그 여자에게 빠져들게 하셨나요? 나는 그 여자가 매력적이라서 선택한 것도 아니었습니다. 그 여자는 부모도 없고 재산도 없습니다. 게다가 이제는 저를 저버렸습니다. 아, 그런데도 저는 그 여자를 사랑합니다. 그 사랑이 없이는 살 수가 없을 정도입니다.'

그는 의연하려고 애를 썼지만, 가슴이 아파오는 것을 어쩔 수 없었다.

4

아르놀프는 정신없이 아네스의 집으로 돌아왔다. 아네스는 아무 일도 없다는 듯 평온한 얼굴로 그를 맞이했다. 그는 속이 부글부글 끓었다. 그런데 이상한 일이었다. 그녀를 향한 분노가 커지면 커질수록 그만큼 그녀가 사랑스럽고 소중하게 여겨지는 것이었다. 그녀가 지금처럼 아름답게 보인 적도 없었고 그녀의 눈매가 가슴속으로 그렇게 깊이 파고든 적도 없었다. 그녀를 향해 그토록 강렬한 욕망을 느껴본 적도 없었다. 그녀를 놓치면 죽어버릴 것만 같았다.

그는 단단히 결심했다.

'나는 그녀를 13년 동안이나 온갖 정성을 다해 키웠어. 그런데 그녀가 젊은 미친놈에게 홀딱 빠져버리다니! 내 코앞에서 그놈이 그녀를 뺏어가려 하다니! 그럴 수 없어! 내 무슨 일이 있어도 그놈과 맞설 거야. 지금까지의 내 모든 노력과 정성이 헛수고가 되든지, 그놈이 헛된 꿈을 꾼 게 되든지 둘 중 하나야. 두고 보라지. 나는 그렇게 만만한 사람이 아니야!'

아르놀프는 어떻게 하면 놈을 물리치고 승리를 거둘 수 있을지 머리를 쥐어짜고 또 쥐어짰다. 어쨌든 놈이 아녜스에게 접근하지 못하게 하는 게 우선이었다. 그는 알랭과 조르제트를 불러서 말했다.

"얘들아, 너희는 정말 충실한 하인들이다. 하인이라기보다는 친구들이라고 하는 게 낫겠어. 자, 이제부터 내가 하는 말을 잘 들어라. 누군가 내 명예를 갖고 아주 못된 장난질을 치고 있다. 내 명예가 땅에 떨어진다면 그건 너희에게도 큰 모욕이 아니겠느냐? 바로 그 바람둥이 녀석 말이다. 그 녀석을 잘 감시해야……."

그러자 조르제트가 말했다.

"이미 말씀해주시지 않았어요? 그래서 그 사람을 문 앞에서 쫓아냈는데요."

"잘했어. 어쨌든 그자의 번지르르한 말솜씨에 넘어가면 안 된다."

그러자 알랭이 말했다.

"어휴, 정말로 말을 잘하던데요."

"그래서 하는 말인데 만일 그가 와서 너희를 착하다, 귀엽다 하며 칭찬한다면 어떻게 하겠니?"

그러자 둘이 입을 모아 대답했다.

"바보, 멍청이라고 대답하면 되지요."

"아주 잘했어. 하지만 너희에게 돈을 주며 자기를 도와달라고 하면 어떻게 할 거니? 나중에 더 큰 보답을 해주겠다고 꼬이면 어떡할 거니?"

조르제트가 대답했다.

"다른 데 가서 알아보쇼! 하고 대답하지요."

그러자 알랭이 질세라 말했다.

"저는 빨리 나가요! 없어져요! 하며 밀어낼 겁니다."

"좋아, 좋아."

그는 하인과 하녀를 다시 한 번 단속한 후에 밖으로 나갔다. 집안사람만 단속하는 것으로는 뭔가 미진했기 때문이었다. 녀석이 아녜스를 만나려고 집 근처에 나타나기만 해도 자기가 미리 알 필요가 있었다. 아르놀프는 길모퉁이의 신발 수선공에게로 갔다. 그는 신발 수선공에게 약간의 돈을 주고 오라스의 인상착의를 알려주었다. 그가 오는지 잘 감시하다가 그가 나타나면 자신에게 알려달라고 부탁했다. 신발 수선공은 아무 염려 말라고 큰소리를 쳤다. 이 정도 단단히 단속을 해놓으면 놈이 아녜스 곁에 얼씬도 못 하리라 생각하자 그는 조금 안심이 되었다. 하지만 그건 오산이었다.

그가 신발 수선공을 만난 후 집을 향해 길을 걷는데 또다시 오라스를 만났다. 아르놀프를 본 오라스는 마침 잘 만났다는 듯 반가워하더니 얼른 그의 곁으로 와서 말했다. 뭔가 조금은 들떠 있는 모습이었다.

"아저씨, 여기서 만나 뵙게 되다니 정말 반갑습니다. 아저씨가 아니면 이런 이야기를 들어줄 사람이 없으니까요. 아저씨, 정말 아슬아슬했어요. 그 정신 나간 사람에게 제가 들킬 뻔했지 뭡니까. 아까 아저씨랑 헤어진 후 저는 아녜스의 집으로 갔어요. 그런데 뜻하지 않게 아녜스가 발코니에 홀로 모습을 드러내는 게 아니겠어요. 그러더니 제게 손짓을 하더군요. 그러고는 정원으로 내려와 바로 문을 열어주었습니다. 저는 몰래 위층 그녀의 방으로 들어갔지요. 그런데 바로 그때였어요. 그 질투에 사로잡힌 남자가 계단을 올라오는 소리가 들렸답니다. 아녜스는 저를 황급히 옷장 속에 숨겼어요.

그가 바로 들어오더군요. 저는 옷장 속에 숨어 있었기에 그의 모습은 볼 수가 없었지요. 한숨을 내쉬며 방 안을 서성이는 발자국 소리만 들렸어요. 탁자를 세게 내려치기도 하고, 주위를 알짱거리는 개를 걷어차기도 했어요. 심지어 벽난로 위에 있던 꽃병을 던지기도 하더군요. 그리고 그 아름답고 가여운 아녜스에게 울화통을 터뜨리더니 휙 방을 나가버렸습니다. 저는 숨도 못 쉬고 옷장 속에 갇혀 있었고요. 어휴, 들켰으면 어찌 됐을지 생각만 해도 아찔해요.

옷장에서 나온 저는 아녜스와 약속을 한 후 재빨리 집에서 빠져나왔답니다. 오늘 밤늦게 아녜스의 방에 가기로 약속을 한 거지요. 기침을 세 번 해서 제가 왔다는 것을 알려주기로 했답니다. 그 신호가 들리면 아녜스가 창문을 열어주고, 저는 사다리를 타고 그녀의 방으로 들어갈 겁니다.

아저씨, 아저씨는 이곳에서 유일하게 저와 가까운 분이세요. 제 유일한 친구라고 해도 되지요. 아저씨께 이 소식을 제일 먼저 전하고 싶었어요. 그런데 이렇게 길에서 만나게 되었으니 정말 잘되었어요. 저는 정말 너무 기쁘거든요. 이 기쁨을 누군가와 함께 나누지 못하면 정말 아쉬울 거예요. 아저씨, 아저씨는 기꺼이 이 기쁨을 저와 함께 나누시겠지요?"

말을 마친 오라스는 아르놀프의 대답도 듣지 않고 기쁨에 들뜬 표정으로 콧노래를 흥얼거리며 제 길을 갔다. 행복에 겨워 세상 아무것도 보이지 않았는지, 땡감 씹은 표정을 하고 있는 아르놀프의 얼굴은 살필 겨를도 없었다.

홀로 남은 아르놀프는 바득바득 이를 갈았다.

'그렇게 용의주도하게 준비하고 단속했건만 아무 소용이 없구나. 도대체 이런 일이 어찌 벌어질 수 있단 말인가! 아, 모든 것이 무너져 내리다니! 현명한 내가 저 순진한 여자아이와 저 경박한 젊은 놈에게 판판이 당하다니! 20년 동안이나 결혼한 남자들이 아내들에게 당하는 꼴을 꼼꼼하게 살펴온 난데! 그런 내가 저들에게 당하다니! 그것들을 거울삼아 결코 나만은 바람피우는 아내를 둔 남편이 되지 않으려고 그렇게 애를 써왔는데! 아, 세상 모든 남편은 결국 오쟁이 지게 되어 있단 말인가! 그것이 남자의 운명이란 말인가! 그 운명 앞에서는 아무리 현명한 계획도 소용없단 말인가?

가만있자, 그런데 도대체 이게 뭐야? 내 꼴이 이게 뭐야? 이런 짓을 당하고도 그 여자아이에게 사로잡혀 있으니. 젊은 녀석과 바람난 아이를 사랑하고 있으니. 아이고, 도대체 난 어쩌란 말이냐!'

머리털을 쥐어뜯으며 절망하던 그는 입을 앙다물었다.

'그래, 이렇게 당하고만 있을 순 없어. 그 바람둥이 녀석이 아네스의 마음을 더 이상은 훔쳐가지 못하게 하겠어. 네놈은 오늘 밤 멋진 사랑을 꿈꾸고 있겠지. 하지만 그렇게 달콤한 밤이 되도록 내버려둘 줄 알아? 기필코 네놈이 절망하는 모습을 보고 말 거야. 그게 내가 찾을 수 있는 유일한 작은 기쁨이야.'

그는 빠른 걸음으로 아네스의 집으로 돌아가더니 황급히 알랭과 조르제트를 불렀다.

"얘들아, 정말로 너희 도움이 필요하다. 이렇게 어려울 때 너희가 있어서 정말로 든든하구나. 너희가 나를 도와주기만 하면 내가 아주 큰 보상을 해주겠다. 그 녀석이 오늘 밤 아녜스 방으로 사다리를 타고 들어오려 할 거다. 그 녀석이 사다리 꼭대기에 올라오면 너희 둘이 달려들어 그 사기꾼을 두들겨 패라. 다시는 여기 올 생각이 들지 않을 만큼 모질게 두들겨 패야 한다. 딱 한 가지만 주의하면 된다. 어떤 일이 있어도 내 이름은 입 밖에 내지 말거라. 내 이름을 부르면 절대 안 된다. 내가 너희에게 그런 일을 시킨 게 드러나면 절대 안 된다. 너희 둘, 내가 시키는 대로 할 수 있겠지? 그렇게 해서 내 화를 가라앉혀 줄 수 있겠지?"

그러자 알랭이 두 주먹을 불끈 쥐고 말했다.

"주인님, 그자가 와서 문을 두드리기만 하면 나머지는 제가 알아서 하겠습니다. 두고 보세요. 저는 한번 팼다 하면 확실히 팹니다. 제 매운 손맛을 보여주겠습니다."

그러자 조르제트가 손을 앞으로 내밀며 말했다.

"주인님, 제 손이 이렇게 약해 보이지만 누굴 팰 때는 제 몫을 단단히 한답니다."

"그래, 고맙다. 이제 물러가라. 절대로 주둥아리 함부로 놀리지 말고."

그들이 사라지자 아르놀프는 중얼거렸다.

"녀석에게 교훈을 보여주는 거야. 남편들이 제 마누라 애인을 전부 이런 식으로 맞아들인다면, 바람피우는 아내를 둔 남편 숫자가 확실히 줄어들 텐데……."

이윽고 밤이 되었다. 오라스는 아네스와 약속한 대로 창가에 가서 기침을 세 번 했다. 그러자 아네스가 창문을 열어주었고 그는 미리 준비해둔 사다리를 타고 아네스의 창가로 올라갔다. 그가 사다리 꼭대기에 이르자 숨어서 엿보고 있던 알랭과 조르제트가 몽둥이를 휘둘렀다. 그 바람에 오라스는 발을 헛디뎌 그만 땅바닥에 떨어지고 말았다. 그는 한동안 움직이지 못하고 누워 있었다. 그 모습을 본 알랭과 조르제트가 놀라서 아래로 내려왔다. 그들은 그를 툭툭 건드려보았다. 오라스는 죽은 척 꼼짝 않고 누워 있었다. 그들은 오라스가 죽은 줄 알고 겁이 더럭 났다. 그들은 서로 네가 죽인 거라고 책임을 미루며 아르놀프에게 보고하려고 달려갔다.

한편 아네스는 그 모든 것을 보고 겁에 질려 있었다. 하지만 자기가 할 수 있는 것은 아무것도 없었다. 발을 동동 구르며 지켜보던 그녀는 알랭과 조르제트가 안으로 들어가자 허겁지겁 밖으로 나왔다. 그녀는 근심에 찬 얼굴로 누워 있는 오라스 곁으로 갔다. 그녀가 다가오자 오라스가 그 자리에서 일어났다. 다행히 그는 별로 상처를 입지 않았다. 그가 크게 다치지 않은 것을 안 아네스는 너무 기뻐 눈물을 흘렸다.

오라스가 그녀에게 말했다.

“자 아가씨, 이렇게 밖으로 나온 김에 다시는 돌아가지 마세요. 저와 함께 이 집을 떠나요. 아가씨는 이제까지와는 다른 운명을 살아가야 해요. 당신에게는 그럴 자격이 있어요.”

아네스는 순순히 그의 말을 따랐다. 조금도 무섭지 않았고 두렵지도 않았다. 그는 그녀를 그 집에서 좀 떨어져 있는 곳으로 데려갔다. 그리고 그녀를 자신이 아는 사람의 집에 잠시 맡겼다. 그는 아네스에게 잠시 기다리고 있으라고 말한 후 밖으로 나왔다. 아네스를 안전하게 맡길 사람을 만나기 위해서였다. 그런데 과연 그가 생각하고 있는 사람이 누구였을까?

한편 허겁지겁 아르놀프에게 달려간 알랭과 조르제트는 오라스가 그만 사다리에서 떨어져 죽어버렸다고 보고했다. 그러자 아르놀프가 호통을 쳤다.

“이 멍청한 녀석들아! 도대체 무슨 짓을 한 거냐?”

그러자 알랭이 말했다.

“주인님, 저희는 주인님이 시키시는 대로 했을 뿐인데요.”

“이놈아, 무슨 소리를 하고 있는 거냐? 좀 두들겨 패라고 했지 뻗어버리게 하라고는 안 했어. 등짝을 때리라고 했지 머리를 때리라고는 안 했어. 몽둥이로 위협해서 도망가게 하려는 거였지 그렇게 죽이려던 게 아니었단 말이다. 오, 하느님, 왜 제게 이런 불행한 운명이 닥치는 것인가요? 그자가 죽었으니 이걸 어쩐단 말이냐? 어서 집 안으로 들어가라. 그리고 내가 너희에게 내린 명령에 대해서는 누구에게도 말해서는 안 된다. 이런 벌써 날이 밝아오는구나. 아이고, 오라스 아버지가 도대체 뭐라고 할 것인가!”

그는 어쨌든 오라스의 시체부터 치워야겠다고 생각하며 밖으로 나갔다. 그런데 이게 어찌 된 일이란 말인가? 오라스의 시체가 사라지고 없었던 것이다. 도대체 누가 시체를 치웠단 말인가! 그는 걱정이 되어 무작정 집 밖으로 발걸음을 옮겼다.

그런데 얼마 가지 않아 그는 화들짝 놀라고 말았다. 집 쪽을 향해 걸어오는 오라스를 발견한 것이다. 유령이라도 만난 것 같았다. 그가 어안이 벙벙해 있는데 오라스가 그를 알아보고 말했다.

"아저씨, 이런 새벽에 어딜 가시나요? 그렇지 않아도 오늘 아저씨를 찾아뵙고 부탁을 하나 드리려고 했는데……."

아르놀프는 넋이 나가 중얼거렸다.

"내가 뭐에 홀렸나? 유령을 만난 건가? 자네 오라스 맞나?"

"아저씨, 유령이라뇨? 하긴 제가 오늘 유령이 될 뻔했지요. 사실 저 오늘 큰일을 겪었습니다."

오라스는 아르놀프에게 자초지종을 이야기해주었다. 이야기를 끝낸 후 그가 덧붙였다.

"아저씨 상상 좀 해보세요. 아녜스가 얼마나 순진한 여인인지……. 그 미치광이 덕분에 더없이 순결한 사람이 된 거지요. 그런데 저를 따라오겠다는 겁니다. 다신 그 미치광이에게 돌아가지 않겠다는 겁니다. 사랑의 힘은 정말 위대하지요? 그렇지요, 아저씨?

이제 죽음 말고는 그 어느 것도, 그 누구도 아녜스와 저 사이를 갈라놓을 수 없습니다. 제 아버지가 크게 역정을 내시리라는 것도 잘 알고 있습니다. 시간을 좀 두고 아버지의 노여움을 가라앉혀봐야지요. 아네스를 보신 후, 좀 지내시다보면 아버지도 이해하실 날이 올 것입니다. 바로 그 문제로 아저씨께 부탁 한 가지 드리고 싶습니다. 아무도 모르게 이 여인을 아저씨께 맡겨놓으려는 겁니다. 아저씨, 저를 위해 한 이틀 정도 그녀를 아저씨 댁에 숨겨주십시오. 그녀가 그 괴물에게서 도망친 몸이라는 것을 아무에게도 알려주지 마십시오. 그 괴물이 끈질기게 추적할 게 틀림없으니까요. 저랑 그녀가 함께 있으면 누구나 의심할 겁니다. 아저씨께서 워낙 신중하신 분이라서 제 사랑을 이렇게 통째로 고백하는 겁니다. 저를 너그럽게 대해주시니까, 아저씨만 믿고 제 가장 소중한 보물을 맡기려는 겁니다."

아르놀프는 귀가 번쩍 뜨였다. 아, 하느님은 내 편이로구나! 결국 이런 기쁨을 주시려고 내게 시련을 내리신 거로구나! 나는 불행한 운명을 타고난 게 아니로구나!

그는 기쁜 표정으로 오라스에게 말했다.

"아무 걱정하지 말게. 내 기꺼이 자네 청을 들어주지."

"이렇게 감사할 데가! 그렇게 해주시겠다고요?"

"여부가 있나. 이런 상황에서 자네를 도울 수 있다는 게 한없이 기쁘다네. 하늘이 내게 그녀를 보내준 것에 대해 어떻게 감사해야 할지 모를 정도라네. 이렇게 기쁜 일은 아마 내 평생 처음일 걸세."

"너그러우신 아저씨께 제가 정말 큰 덕을 입었습니다. 아저씨께서 곤란해하시면 어쩌나, 걱정이 많았는데……. 아저씨는 정말 젊음의 열정을 잘 이해해주시는군요. 제가 바로 가서 아녜스를 데리고 오겠습니다. 함께 아저씨 댁으로 가지요."

"아니야, 자네가 그녀와 함께 우리 집에 나타나면 사람들이 수군댈 거야. 내가 아무도 보지 못하게 감쪽같이 샛길로 데려가겠네. 내 저쯤에서 기다리겠네."

"정말 세심하게 신경을 써주시는군요. 아저씨 말씀이 맞아요. 그녀와 제가 함께 있는 모습을 남들이 보면 안 되지요. 저는 아녜스를 아저씨께 넘기고 제집으로 돌아가겠습니다. 나머지는 아저씨께서 다 알아서 해주세요."

오라스가 여명 속으로 사라지자 그는 외투로 얼굴을 반쯤 가린 채 기다렸다.

얼마 후 오라스가 아녜스를 데리고 왔다. 오라스가 아녜스를 아르놀프에게 넘기며 말했다.

"자, 이제 아무 걱정 마요. 제가 당신을 위해 아주 확실한 피신처를 마련했지요. 당신이 저와 함께 있으면 여러 가지로 곤란해요. 우선 남들 눈에 띌 우려가 있어요. 자, 이분을 따라가세요."

아녜스는 얼굴을 가리고 있는 아르놀프를 알아보지 못했다. 아르놀프는 재빨리 그녀의 손을 잡고 이끌었다.

그녀가 오라스를 돌아보며 말했다.

"당신은 어디 가시는 거예요?"

"사랑하는 아녜스, 당분간만 그분 댁에 안전하게 있으면 됩니다."

"제발 빨리 돌아오셔야 해요."

"불타는 제 사랑 때문에 저도 마음이 급합니다."

"그렇다면 저와 함께 여기 계세요."

"아녜스, 우리 둘이 함께 있으면 정말 위험해요. 설마 제 사랑을 의심하지는 않겠지요?"

"그럼요. 하지만 제가 당신을 사랑하는 만큼은 아닐 거예요."

둘의 대화를 듣고 있던 아르놀프는 아네스의 손을 잡아끌었다.

그녀가 끌려가면서 말했다.

"너무 세게 잡아끄시네요."

그러자 오라스가 말했다.

"아네스, 안심하세요. 진심으로 우리를 위해 무슨 일이든 해주시는 분이에요."

"하지만 모르는 사람을 무턱대고 따라가면……."

"겁낼 것 하나 없어요. 그분과 함께 있다면 절대로 안전할 거예요."

오라스는 아네스를 안심시킨 후 발걸음을 돌렸다.

오라스가 여명 속으로 사라지자 아르놀프가 외투로 가렸던 얼굴을 드러냈다. 그는 음흉하게 웃으며 아네스에게 말했다.

"어서 오시게. 우리 숙녀분을 아주 안전한 곳에 모셔다드려야지. 자, 나를 알아보시겠나?"

그의 모습을 알아본 아네스가 소스라치게 놀랐다.

"에구머니!"

「재미난 책 An Interesting Book」

미국 화가 시모어 조지프 가이의 19세기 후반 작품. 유럽에서는 전통적으로 여성의 정규교육은 남성의 정규교육보다 훨씬 덜 중요하게 취급했다. 인쇄술이 발명되고 종교개혁이 일어난 15~16세기 이전까지는 거의 변함이 없었는데, 16세기 영국의 인문주의자 토머스 모어는 『유토피아』에서 여성의 교육받을 권리를 강력히 주장했다. 이후 18세기 들어 유럽인들은 글을 읽고 쓰는 능력의 중요성을 인식하고 공교육을 확대했다. 프랑스의 경우 1789년 프랑스대혁명 무렵에는 여성 중 3분의 1이 글을 알았다. 그러나 19세기 말까지도 프랑스 여성들은 중등학교에 진학할 수 없었으며, 1924년에야 대학 입학 자격을 얻을 수 있었다. 남녀 의무교육은 제2차 세계대전 이후부터 유럽 전체로 확산되었다.

"바람둥이 아가씨, 내 얼굴을 보고 질겁하는군."

아녜스는 오라스를 찾으려고 사방을 두리번거렸다.

"그런 눈으로 그 바람둥이 녀석을 찾아봐야 소용없어. 되돌아와 당신을 도와주기에는 이미 너무 멀리 가버렸다고. 이제 우리 둘뿐이야. 아니, 이렇게 어린 게 그런 술책을 부렸단 말인가? 아이를 귀로 낳느냐고 물어볼 정도로 순진한 게, 남자랑 야반도주를 했단 말이지? 빌어먹을! 그 녀석과 잘도 재잘대더군. 너 아주 좋은 학교를 다녔나 보지? 그 빌어먹을 학교가 단번에 그렇게 많은 걸 가르쳐주던가? 그러니 이제는 밤에 귀신이라도 나올까 봐 두려워하던 아녜스가 아니란 말이지? 밤에는 그 바람둥이 녀석이 용기를 불어넣어준단 말이지? 이런 못된 것! 이렇게 나를 배신하다니! 내가 그렇게 잘해주었는데 그런 음모를 꾸미다니! 내가 가슴에 뱀 알을 품고 있던 셈이야! 자기를 품에 안고 쓰다듬어주던 사람을 이렇게 물어버리려 하다니!"

"왜 제게 이렇게 화를 내시는 건가요?"

"아니, 이제는 시치미까지! 내가 너를 정말 잘못 보았구나!"

"저는 제가 뭘 잘못했는지 정말 모르겠어요."

"바람둥이 녀석을 쫓아간 게 잘못이 아니란 말이냐?"

"그 사람은 저를 아내로 삼고 싶다고 말했어요. 저는 주인님이 가르쳐주신 대로 했어요. 저한테 설교하셨잖아요. 죄악에서 벗어나려면 결혼해야 한다고 가르쳐주셨잖아요."

"그랬지. 하지만 너를 아내로 삼으려 했던 사람은 바로 나란 말이야. 그걸 몰랐단 말인가?"

"저도 알았어요. 하지만 우리끼리니까 솔직히 말씀드릴게요. 오라스가 주인님보다 제 취향에 더 맞아요. 주인님, 주인님과 결혼하면 피곤하고 고통스러워질 게 뻔하잖아요. 주인님 말씀을 들으면 결혼은 정말 끔찍한 것으로만 여겨져요. 주인님이 그렇게 만드신 거지요. 하지만 그분은 결혼을 기쁨으로 가득 채우셨어요. 그분은 결혼하고 싶게 만들어줘요."

"아, 너는 그놈을 사랑하고 있구나. 오, 이렇게 슬픈 일이!"

"그래요, 저는 그분을 사랑해요."

"내 앞에서 감히 그런 말을 하다니!"

"그게 사실인데 왜 말을 못 하겠어요?"

"그놈을 어떻게 사랑할 수가 있어! 이 무례한 것 같으니!"

"아, 제게 죄가 있단 말인가요? 그렇다면 그건 그분 때문에 그렇게 된 거예요. 저는 그게 죄라고는 전혀 생각 못 했어요."

"사랑의 욕망을 몰아냈어야지!"

"즐거움을 주는 걸 어떻게 몰아내겠어요?"

"그게 내 마음에 안 들 거란 생각은 안 했나?"

"제가요? 왜요? 그게 주인님에게 왜 나쁜 일인데요?"

"그래? 그렇다면 나도 기뻐해야겠군. 그래, 너는 나를 사랑하지 않았단 말인가?"

"제가요? 주인님을요?"

"그래."

"저런! 절대로 아니에요."

"이런 뻔뻔한 것! 왜 나를 사랑하지 않은 거야?"

"세상에, 저를 야단치실 일이 아니잖아요. 왜 제가 주인님을 그 사람만큼 사랑하게 만들지 않으셨지요? 제가 그걸 막은 적은 없잖아요."

"내가 얼마나 온 힘을 다했는데……. 그 노력이 모두 물거품이 되다니!"

"그러셨군요. 그렇다면 오라스가 사랑에 관한 한 주인님보다 한 수 위예요. 자기를 사랑하게 하면서 저를 고통에 빠뜨린 게 아니라 기쁘게 해주었으니까요."

아르놀프는 고개를 위로 올리며 탄식했다.

"아이고, 이 못된 계집이 꼬박꼬박 말대답하는 것 좀 보게! 말장난이나 일삼는 귀족 부인들도 이 정도는 아닐 거야. 아! 내가 저 여자를 잘못 알고 있었구나. 세상에 저렇게 순진한 여자애가 나같이 학식 높은 남자보다 사랑에 대해 더 잘 알고 있어."

그는 다시 아네스를 향해 말했다.

"그렇게 따지기를 잘하시니 내 하나 물어보지. 내가 너를 그렇게 오랫동안 먹여준 것이 고작 그 녀석을 위해서였겠나?"

"그건 아니지요. 그러니 그분이 주인님께 마지막 한 푼까지 갚을 거예요."

아르놀프는 들으면 들을수록 화가 치밀었다. 그는 언성을 높였다.

"이 바람둥이야! 그놈이 가진 것 다 내놓을 거라고? 그래서 내게 진 빚을 갚을 거라고?"

"하지만 생각하시는 것처럼 제가 주인님께 큰 빚을 진 것도 아니에요."

"어릴 때부터 먹여주고 재워주며 키워준 게 별것 아니란 말이냐?"

"물론 정말 잘 키워주셨어요. 많은 것을 훌륭하게 교육시켜 주셨지요. 하지만 그래서 제가 기뻐하리라고 생각하시나요? 제가, 자신이 참 바보라고 생각하지 않는다고 보세요? 저는 제가 부끄러워요. 이제 더 이상 바보로 지내고 싶지 않아요. 저를 바보로 키워주신 분께 그렇게 큰 빚을 진 건 아니잖아요."

"아니, 내가 너를 순결하게 키우려고 얼마나 애를 썼는데……. 애써 배운 그 순진무구함을 버리고 그 바람둥이 녀석에게 다른 걸 배우겠다는 건가?"

"그럼요, 그분 덕에 제가 무엇을 알 수 있는지 배웠어요. 저는 주인님보다 그분에게 더 많은 빚을 졌어요."

아르놀프는 치미는 화를 더 이상 참아내기 힘들었다. 그렇게 오랜 세월 공들인 사람보다 단 며칠 만난 자에게 더 많은 빚을 졌다니! 그는 화가 나서 주먹을 머리 위로 쳐들었다. 한 대 때릴 기세였다. 몇 대 쥐어박아야 속이 풀릴 것 같았다.

그 모습을 본 아네스가 말했다.

"그래요, 저를 때리고 싶으면 때리세요."

아르놀프는 그녀의 눈을 보더니 다시 탄식했다.

"아, 저 눈빛에 내 분노가 다 삭아버리는구나. 오, 사랑이란 도대체 뭐란 말이냐? 이렇게 화가 나는 순간에도 그녀를 다시 사랑하게 만들다니! 오, 남자들이란 얼마나 약한 존재인가? 이런 배신자들에게도 머리를 숙이지 않는가! 부정한 여자를 위해 어떤 짓이든 다 하는 남자들이여!"

그는 다시 정색하고 아네스에게 말했다.

"바람둥이 아가씨, 내가 모든 걸 용서하지. 이번 일로 내가 당신을 사랑한다는 걸 확실히 알게 되었어. 자, 내가 이렇게 너그럽게 용서해주니 이제 당신도 나를 사랑해주오."

"주인님, 저도 진심으로 주인님 마음에 들고 싶어요. 어떻게 하면 되지요?"

"가련한 내 귀여운 새야, 넌 그렇게 할 수 있어. 날 좀 봐. 사랑의 한숨을 듣고 이 다 죽어가는 눈빛을 보라고. 자, 그 더러운 놈을 버려. 그놈이 준 사랑을 버려. 그건 그놈이 던져준 끔찍한 운명이야. 네가 나와 함께 있으면 백배는 더 행복할 거야.

자, 내가 약속하지. 밤낮으로 끊임없이 너를 사랑해줄게. 너를 쓰다듬고 입 맞추고 깨물어줄게. 너는 원하는 건 무엇이든 할 수 있어. 더 이상 설명하지 않겠어. 너를 향한 내 사랑보다 큰 건 없어. 내가 뭐로 증명해줄까? 울어버릴까? 나 스스로 매질이라도 할까? 내 머리카락이라도 한 움큼 뽑아버릴까? 아예 죽어버려? 자, 뭘 원하는지 말해봐. 내 사랑을 증명하기 위해서라면 뭐든 할 수 있어."

"주인님, 진정하세요. 그렇게 멋지게 연설을 하셔도 아무런 느낌도 오지 않아요. 오라스라면 단 두 마디로 저를 감동시켰을 거예요."

"정말 내게 너무하는구나. 하는 말마다 화를 돋우고 있어. 좋다. 내 처음 계획대로 해야겠다. 너는 이 도시를 떠나야겠어. 너를 수녀원 구석에 처박아놓을 거야. 내게 한 짓에 대해 복수를 하겠어."

집에 도착한 그는 알랭을 불렀다. 그는 알랭에게 아녜스를 자기 방에 잠깐 가두어놓으라고 말한 다음 밖으로 나갔다. 아녜스를 좀 더 안전하게 가둘 곳을 찾아보기 위해서였다. 그는 속으로 다짐했다.

'오라스, 그놈이 절대 찾을 수 없는 곳에 숨겨놓아야지.'

얼마 길을 가지 않아 그는 또 오라스를 만났다. 그는 속으로 생각했다.

'저놈은 내 주변을 맴도는 것 같아. 이렇게 툭하면 만나게 되다니. 나를 불행에 빠뜨리려고 지옥에서 온 사자가 틀림없어.'

그런데 오라스의 얼굴빛이 심상치 않았다. 거의 사색이었다. 오라스는 아르놀프를 보자마자 입을 열었다.

"아! 아저씨, 아저씨를 뵈러 가려던 참이었습니다. 너무 괴로워서요."

"무슨 일로 또 그렇게 괴로워하는가?"

"아저씨, 하늘이 제게 너무 큰 불행을 내리셨습니다. 사랑하는 여인을 빼앗기는 운명을 내리셨어요."

이게 무슨 소리란 말인가! 이놈이 내 계획을 눈치챘단 말인가? 아니다, 도대체 그럴 리가 없다. 아직 아무에게도 말하지 않은 계획을 어찌 알 수 있단 말인가! 그렇다면?

"그게 도대체 무슨 소리인가? 자네가 맡겨놓은 아가씨는 아무 탈 없이 내가 잘 보호하고 있는데."

"저희 아버지께서 긴 여행을 끝내고 도착하셨습니다. 아마 곧 이곳으로 아저씨를 만나러 오실 겁니다. 이미 이 근처까지

오셨을 거예요. 아버지께서 왜 아저씨를 만나러 오시는지는 저도 잘 모르겠습니다. 아무튼 아버지께서 제게는 아무런 말씀도 없이 제 혼인을 결정하셨답니다. 그리고 제 결혼식을 위해 이곳으로 오신 거예요. 이런 황당한 일이 생겼을 때 어떻게 해야 할지 아저씨는 잘 아시지요? 아저씨, 제가 어제 앙리크란 분 말씀드린 적이 있지요? 아메리카에 오랫동안 계시다가 돌아오신 분이오. 아버지와 오랜 친구분이라고 말씀드렸지요? 아저씨도 아시는 분이지요? 아저씨 친구분의 매형이라고 하셨잖아요."

"그래, 잘 알지. 그런데 도대체 그 사람이 어쨌단 말인가?"

"그분이 제 모든 불행의 원인이랍니다. 아버지가 그분의 외동딸과 저를 맺어주기로 하셨답니다. 아버지와 그분이 만나서 나누는 이야기를 듣고 저는 기절할 뻔했습니다. 아버지와 그분이 아저씨를 만나러 오실 거라는 이야기를 듣고 이렇게 아저씨께 달려온 겁니다. 제발 아버지에게 아녜스 일을 비밀로 해주세요. 크게 역정을 내실 거예요. 아저씨, 제발 부탁이에요. 아버지는 아저씨를 믿고 계시니, 그 결혼을 단념하실 수 있게 해주세요. 제발이요."

아르놀프에게는 이게 웬 떡이냐 싶을 정도로 반가운 소식이었다. 그는 시치미를 딱 떼고 오라스에게 말했다.

"알겠네. 내가 틀림없이 그렇게 해주겠네."

"아버지께 결혼식을 뒤로 미루라고 말씀해주세요. 아저씨는 언제나 제 편이시잖아요. 제발 도와주세요."

"도와주고말고. 아무 염려 말게."

"아저씨가 제 진짜 아버지십니다. 아, 그분들이 벌써 저기 오시네요. 저는 저쪽에 숨어 있겠어요."

오라스는 근처 나무 뒤에 몸을 숨겼다.

잠시 후 오라스의 아버지 오롱트가 앙리크와 함께 나타났다. 크리잘드도 그들과 함께 있었다. 그들은 아르놀프를 보자마자 반색했다. 오롱트가 아르놀프를 포옹하며 말했다.

"이거 얼마 만인가! 정말 반갑네."

"자네를 다시 보니 진짜 반갑군."

"용건부터 말하겠네. 내가 여기 온 건……."

"아니, 내게 이야기할 필요 없네. 자네가 왜 여기 왔는지 나는 다 알고 있어."

"이미 들었단 말인가?"

"그럼"

"그거 잘됐네, 아주 잘됐어."

"자네 아들이 자네가 정한 이 결혼을 받아들이려 하지 않고 있다네. 온통 슬픔에 젖은 얼굴로 내게 찾아와 간청하더군. 자네가 마음을 돌릴 수 있게 해달라는 거야. 내가 뭐라고 조언했는지 자네는 알겠지? 자네와 나는 친구 아닌가? 그게 아니더라도 어른이라면 마땅히 해주어야 할 충고를 했지. 당장 아버지 결정을 받아들여서 아버지의 권위와 명예를 지켜드리라고 했다네. 젊은 사람들을 정신 차리게 하려면 엄격하게 다루어야 해."

그 소리를 들은 오라스는 자기 귀를 의심했다.

"아! 저 배신자!"

그러자 크리잘드가 나서며 아르놀프에게 말했다.

"만일 젊은이가 싫어하는 결혼이라면 너무 몰아세우지 말아야 할 거야. 자네도 그렇게 생각하지 않나?"

"무슨 소리를 하는 건가! 아들이 제 뜻대로 아비를 조종하게 만든다는 말인가? 참 보기 좋은 꼴이겠군. 아들이 아버지의 명령에 복종하는 게 순리인가, 아버지가 아들의 명령에 복종하는 게 순리인가? 자기 명령에 복종해야 하는 아들의 명령에 복종하다니! 하긴 요즘 아비들이라는 게 다 그렇긴 하지. 하지만 오롱트, 자네는 그러면 안 되네. 자네는 내 친한 친구지. 자네의 명예는 곧 나의 명예야. 한번 약속을 했으면 지켜야지. 아들의 모든 여자 관계를 그것으로 매듭짓게 해야 해."

그러자 오롱트가 말했다.

"천만번 지당한 말씀을 하시는군. 자네는 역시 내 친구야. 내 자네 말대로 이 혼사를 꼭 치르겠네. 내 아들이 내게 복종하는 모습을 보여주겠네."

그러자 크리잘드가 아르놀프에게 말했다.

"어허, 정말 놀랄 일이군. 도대체 무슨 이유인가? 자네가 이번 혼사에 그렇게 열정을 보이다니! 자네에게 그런 크나큰 우정이 있었던가?"

"나는 당연히 해야 할 말을 하고 있을 뿐이야."

"그렇고말고, 아르놀프 경."

오롱트가 아르놀프의 이름을 부르자 크리잘드가 나서며 말했다.

"그 이름으로 부르면 저 사람 화냅니다. 드라수슈 씨라고 불러야지요. 아까 말씀드렸잖아요."

그 소리를 들은 오라스는 기절할 것 같았다. 그렇다면 저 아르놀프가 바로 그 사람, 그 괴물이란 말인가!

그때 아르놀프가 오라스가 숨어 있는 곳을 가리키며 오롱트에게 말했다.

"사실은 자네 아들이 바로 저기 숨어 있다네. 자네에게 호통이라도 들을까 봐 겁나서 숨어 있는 거지. 자, 오라스, 이리로 나오너라."

오라스가 축 처진 어깨를 하고 숨어 있던 곳에서 모습을 드러냈다. 아르놀프는 그가 가까이 오자 그에게 속삭였다.

"이제 알겠지? 내가 왜 그랬는지 모두 알겠지?"

오라스는 머리를 쥐어뜯을 수밖에 없었다.

아르놀프는 오롱트에게 말했다.

"자, 결혼 날짜를 서둘러 잡게. 내가 돕지. 나도 참석하겠네."

오라스가 머리를 감싸 안고 고통스러워했다.

"오, 하느님! 세상에 이런 끔찍한 일이 어디 있습니까! 저를 왜 이런 구렁텅이에 빠뜨리시는 겁니까!"

그들이 길에서 그런 이야기를 나누고 있을 때였다. 멀리서 조르제트가 허겁지겁 달려오는 것이 보였다. 조르제트가 아르놀프를 보자마자 말했다.

"주인님, 여기 계셨군요. 아네스가 얼마나 도망가려고 힘을 쓰는지 잡고 있기 너무 힘들어요. 어쩌면 창문으로 뛰어내릴 것 같아요."

아르놀프가 조르제트에게 말했다.

"그래? 그러면 너는 어서 가서 아네스를 이리 데려와라."

아르놀프는 오라스가 보는 앞에서 그가 자기에게 가한 고통을 고스란히 돌려주고 싶어 아네스를 불러오라고 한 것이었다.

잠시 후 조르제트가 아네스를 그들에게 데려왔다. 그녀를 보자 아르놀프가 말했다.

"어서 오시게, 아름다운 여인. 그렇게 반항을 하다니. "

이어서 그는 그녀에게 오라스를 가리키며 말했다.

"자, 여기 당신의 애인이 있군. 그간 나눈 정분도 있으니 인사나 한번 제대로 잘해주시지."

그런 후 그는 오라스를 향해 말했다.

"잘 가게, 오라스. 자네 뜻대로 일이 잘 안 되었군. 하지만 사랑하는 사람들이 모두 행복한 결말을 맺는 건 아니라네."

그러자 아녜스가 오라스에게 말했다.

"오라스, 저를 그냥 이대로 내버려두실 건가요?"

"너무 고통스러워 어떻게 해야 할지 모르겠소."

그 모습을 보고 있던 오롱트가 아르놀프에게 말했다.

"이게 도대체 무슨 소리요? 어떻게 된 일인지 말해보시오. 무슨 영문인지 도무지 모르겠소."

아르놀프가 말했다.

"자, 작별 인사나 합시다. 이 여자 이야기는 들을 것도 없으니 빨리 아드님 결혼식 준비나 하시게."

그때였다. 오롱트의 입에서 정말 놀라운 이야기가 나오고 말았다.

"그래, 결혼식 준비를 해야지. 그런데 아르놀프 경, 내 한 가지 묻겠네. 혹시 자네 집에 우리 아들과 결혼할 여자아이가 있다는 말은 못 들었는가? 앙리크 경이 숨겨놓았다던 딸 말일

세. 이름이 앙젤리크였지? 알아보니 앙리크 경의 딸을 당신이 거두어 들여 키웠다고 하던데?"

아르놀프는 대경실색했다.

"뭐라고? 그게 대체 무슨 소리인가?"

그러자 크리잘드가 나서서 설명했다.

"우리 누나가 비밀리에 낳은 딸이 하나 있었다네. 가족들에게도 숨겨야만 하는 처지였지. 누나가 매형과 결혼하기 전이니 내놓고 사람들에게 보일 수 없었다네. 그래서 매형이 그 아이를 다른 이름으로 농가에 맡기게 되었던 거지. 그런데 그때 전쟁이 일어났고 매형은 조국을 떠날 수밖에 없었어. 매형이 떠나자 그를 질시하던 자들이 매형의 재산을 다 빼앗았고 누나는 죽어버렸다네."

그러자 오롱트가 나서서 설명했다.

"그런 후 앙리크 경은 바다 저편 먼 타향에서 고생을 숱하게 했지. 하지만 고생한 결과 많은 재산을 다시 모았다네."

그때 앙리크가 나섰다.

"나는 프랑스로 돌아와 무엇보다 먼저 딸을 맡겼던 그 농가의 여인을 찾았소. 그런데 우리 딸이 네 살이 되었을 때 그 아이를 당신에게 맡겨놓았다고 그 여인이 털어놓았소. 그 말을 듣고 너무 기뻤소. 우리가 잘 아는 당신이 내 딸을 고이 키워주었다니 얼마나 기쁜 일이오."

그러자 크리잘드가 아르놀프에게 말했다.

"나는 자네가 무슨 짓을 하려던 것인지 대충 짐작하네. 그러나 다행스럽게도 자네는 운이 좋은 거야. 바람피우는 아내를 둔 남편이 되지 않길 자네가 얼마나 원했었나? 결혼하지 않는 것보다 더 확실한 방법은 없지."

아르놀프는 완전히 넋을 잃고 신음 소리만 낼 뿐이었다. 그는 아무 말도 못하고 자리를 피해 집 안으로 들어가버렸다. 그러자 오라스가 오롱트에게 말했다.

"아, 아버지! 곧 모든 사실을 아시게 될 겁니다. 아버지, 저는 현명하신 아버지의 뜻을 따르겠습니다. 저는 이 아름다운 여인과 사랑의 언약을 맺었습니다. 그리고 이 아름다운 여인이 바로 아버지가 저와 맺어주려 하시던 여인입니다."

앙리크가 아녜스를 안으며 말했다.

"오, 내 딸아. 너를 처음 본 순간부터 내 딸임을 알아보았다. 너를 본 순간 감정이 북받쳐 오르더구나. 이렇게 예쁘게 자라다니, 너무 기쁘구나."

크리잘드가 그 모습을 보고 말했다.

"저도 진심으로 같은 생각입니다, 매형. 매형만큼 저도 기뻐요. 그러나 이 장소는 이런 기쁨에 전혀 어울리지 않는군요. 자, 이 집으로 들어가 복잡한 이야기를 털어버리고 우리 친구 아르놀프에게 진 빚을 갚읍시다. 모든 일이 잘되게 해준 하늘에 감사를 드립시다."

수전노

L'Avare

1

파리에 아르파공이라는 부자가 살고 있었다. 그는 부자였지만 지독한 구두쇠였다. 아니, 구두쇠 이상이었다. 단순히 돈을 쓰지 않는 정도를 넘어 돈을 목숨보다 아낄 정도여서 돈의 노예라고 해도 과언이 아니었다. 말 그대로 수전노였다.

그에게는 클레앙트라는 아들과 엘리즈라는 딸이 있었다. 그들에게는 모두 사랑하는 연인이 있었다. 하지만 문제가 있었다. 둘 다 아버지 아르파공이 받아들이기 어려운 상대를 사랑했기 때문이다. 특히 딸 엘리즈는 집안의 집사인 발레르를 사랑했다. 수전노인 아르파공이 하인 노릇이나 하고 있는 빈

털터리에게 딸을 시집보낼 리 없었다.

엘리즈와 발레르가 남몰래 만났다. 발레르가 근심에 찬 엘리즈의 얼굴을 보고 말했다.

"사랑하는 엘리즈, 왜 그렇게 근심스러운 얼굴을 하고 있나요? 이런, 한숨까지 쉬네요. 말해보세요. 나를 행복하게 만든 게 후회되나요? 사랑의 서약을 한 걸 후회하나요?"

"아니에요. 당신만 생각하면 나는 달콤함에 젖어요. 하지만 우리 앞날이 어찌 될까 생각만 하면 걱정이 앞선답니다."

"엘리즈, 나도 당신을 사랑하고 당신도 나를 사랑하면 됐지 무슨 걱정이 있단 말인가요?"

"그렇다면 얼마나 좋겠어요? 하지만 아버지가 흥분하실 걸 생각하면……. 세상 사람들은 또 어떻게 보겠어요. 하지만 그 무엇보다 당신 마음이 변할까 봐 걱정이에요. 남자들은 순진한 여자들을 농락하고 냉정하게 돌아서잖아요."

"엘리즈, 다른 사람들이야 어떻건 나는 믿어줘요. 이 뜨거운 사랑을 의심하다니! 목숨이 다하는 날까지 내 사랑은 변함없을 겁니다. 그런 걱정은 하지 않아도 돼요."

"그래요, 당신은 나를 위해 모든 것을 해주었어요. 당신에게 정말 감사하고 있고 당신을 사랑해요. 지금도 그 순간을 떠올린답니다. 제가 물에 빠진 위기의 순간에 당신이 나를 구해주었지요. 나를 구하기 위해 목숨을 걸고 사나운 파도와 싸웠지요. 나를 물에서 끄집어낸 후 정말로 다정다감하게 나를 보살펴주었지요. 그 어떤 어려움이 닥쳐도 나를 진정으로 아끼고 사랑한다는 것을 보여주었어요. 그뿐인가요? 당신은 나를 향한 사랑 때문에 부모도 조국도 버리고, 신분을 감춘 채 우리 집에 들어왔어요. 내 곁에 있고 싶다는 이유만으로 아버지 하인이 되었어요. 제가 감동받지 않을 수 있겠어요? 제가 당신을 사랑하지 않을 수 있겠어요? 하지만 다른 사람들은? 특히 우리 아버지는?"

"사랑하는 엘리즈, 아무리 큰 어려움이 있더라도 가장 소중한 건 당신을 향한 내 사랑입니다. 당신이 아버지 걱정을 하는 건 나도 이해가 됩니다. 하지만 당신 아버지는 너무 인색하시고 자식들에게도 너무 엄격하시지요. 그러니 거꾸로 그런 아버지 자식들은 무슨 짓을 해도 다 용서받을 수 있어요. 아버지가 받아들이지 않는 일을 해도 세상 사람들은 모두 받아들일 거예요. 아름다운 엘리즈, 나를 용서해요. 당신 아버지에 대해 이런 말을 하는 것을. 그분에게는 좋은 말을 해드릴 수가 없어요. 그렇지만 내가 바라는 대로 내 부모님을 찾게 된다면, 그분들은 우리를 받아들일 거예요. 나는 부모님 소식을 애타게 기다리고 있어요. 빨리 소식을 듣지 못한다면 내가 직접 알아보러 떠날 겁니다."

"아, 발레르! 제발 이곳을 떠나지 마요. 그보다는 어떻게 하면 우리 아버지 마음에 들 건지 그 생각만 해요."

"나도 애쓰고 있다는 거 잘 알지요? 당신 아버지 마음에 들려고 교묘한 아첨을 아끼지 않지요. 나는 또 얼마나 내 감정을 위장하고 있는데요. 본래의 나와는 전혀 다른 역을 연기하고 있는 셈이지요. 그러다 보니 배운 것도 많아요. 사람들 환심을 사려면 무조건 애정을 표시하고, 무슨 말을 하건 공감을 표시하면 돼요. 결점에 대해서도 비위를 맞춰주고 무슨 일을 하건 찬사를 보내는 거지요. 아첨할 때는 '이거 지나친 게 아닌가?' 하고 걱정할 필요가 없어요. 남들 눈에 '저거 너무 가지고 노는 거 아닌가?' 하는 생각이 들어도 아무 상관 없어요. 아무리 영리한 사람도 아첨에는 멍청하게 넘어가거든요. 칭찬이란 더없이 훌륭한 양념이에요. 그걸로 양념을 하면 아무리 말도 안 되는 짓이라도 다 목구멍으로 넘어가게 할 수 있어요.

사실 양심적인 사람은 아첨을 하면서 좀 가책을 느끼지요. 하지만 정말 아쉬울 때면 어쩔 도리가 없어요. 하지만 아첨하는 사람보다는 아첨받기를 원하는 사람 잘못이 더 커요. 그 방법밖에 없으니 아첨을 하는 게 아니겠어요? 내가 말이 좀 많았지요?"

"잘 알겠어요. 하지만 이런 일에는 도움이 필요한 법이에요. 내가 오빠에게 도움을 청해볼게요. 오빠는 나를 사랑하거든요."

엘리즈가 발레르와 이야기를 나누고 집 안으로 들어오니 오빠 클레앙트가 그녀를 찾고 있었다. 그녀를 보자 클레앙트가 말했다.

"마침, 너 혼자 있구나. 다행이다. 네게 비밀을 털어놓고 싶어 안절부절못하던 참이었는데……."

"오빠, 말해봐요. 무슨 일인데요?"

"한마디로 말할게. 나는 사랑에 빠졌단다."

"오빠가 사랑에 빠졌다고요?"

"그래, 사랑에 빠졌어. 하지만 네게 무슨 충고를 바라고 하는 이야기가 아니야. 너는 사랑을 해보지 않았으니 사랑의 힘이 얼마나 큰지 모르잖아. 사랑이 얼마나 큰 힘으로 우리 마음을 사로잡는지 모르잖아. 내게 필요한 건 사려 깊은 충고가 아니야."

"어머나, 내가 사려 깊다니요! 그런 말 마요. 살다 보면 한두 번 분별력을 잃지 않는 사람이 어디 있겠어요? 내 마음속을 열어보면 내가 오빠보다 훨씬 덜 사려 깊을 걸요. 아무튼 오빠가 사랑하는 사람이 누군지나 말해줘요."

"얼마 전부터 이 동네에 살게 된 여자야. 누구나 한 번만 보면 사랑에 빠질 만한 여자지. 나는 처음 그 여자를 보자마자 정신을 잃었단다. 이름은 마리안인데, 어머니와 단둘이 살고 있어. 그런데 그녀 어머니는 늘 아픈 것 같아. 그녀는 아픈 어머니에게 정말 잘하는 효녀야. 게다가 하는 행동마다 우아하고 매력이 넘쳐. 아! 너도 그녀를 봤어야 하는데……."

"오빠가 하는 말만 봐도 눈에 선하네요. 하지만 정작 어떤 사람인지는 모르잖아요."

"사실은 몰래 알아봤단다. 사는 형편이 영 넉넉하지 않아.

검소하게 살지만 생활하기에도 빠듯하더라고. 도와주고 싶은 마음은 굴뚝같은데 아버지가 영 구두쇠시니……. 사랑하는 사람에게 내가 해주고 싶은 일을 못 한다는 게 얼마나 가슴 아픈 일인지 한번 생각해보렴."

"그래요, 오빠. 나도 잘 알아요."

"우리 재산이 많다는 게 더 고통스러워. 재산이 많으면 뭐하니? 아버지가 이토록 강압적으로 근검절약을 강요하시니. 그건 근검절약도 아냐. 실제로 우리는 너무 가난해. 가난해도 이만저만 가난한 게 아니야. 필요한 걸 갖추려면 사방에 빚을 내야 하고 옷차림이라도 단정하게 하려면 남들의 도움을 받아야만 하니. 엘리즈야, 너한테 부탁이 있어. 아버지가 내 사랑에 대해 어떻게 생각하는지 한번 알아봐줄래? 만일 아버지가 반대한다면 둘이 도망갈 거야. 하늘이 준 운명이라고 생각하고 살아갈 거야. 그러려면 돈이 필요하겠지? 실은 지금 여기저기 돈 빌릴 데를 찾고 있단다. 너도 비슷한 경우를 겪게 되면 우리 둘 다 아버지를 떠나도록 하자. 정말 견디기 힘든 인색한 아버지의 횡포에서 벗어나기로 하자."

그러자 엘리즈가 맞장구쳤다.

"어머니가 돌아가시기 전에는 그래도 조금 나았는데."

"쉿, 아버지 말소리가 들리는 것 같다. 우리 저쪽으로 가서 우리 속내를 마저 털어놓기로 하자. 저 쇠고집 아버지를 어떻게 꺾을지 힘을 합쳐 생각해보기로 해."

둘이 자리를 뜨자 아르파공이 클레앙트의 하인 라플래슈에게 야단을 치며 나타났다.

"썩 나가거라. 말대답하지 말고! 누구 이 사기꾼 악당을 우리 집에서 데려갈 사람 없소!"

"아니, 뭣 때문에 저를 나가라고 하시는 겁니까?"

"이놈아, 네가 그걸 내게 따질 처지냐? 얻어터지기 싫으면 어서 나가!"

"아니, 나가라는 이유나 알아야 나가지요."

"그럴 만한 짓을 했지."

"주인어른, 저에게 여기서 기다리라고 한 건 아드님입니다."

"아, 글쎄, 기다리는 건 네 자유야. 하지만 나가서 기다리든지 말든지 해. 너, 도대체 왜 염탐꾼처럼 내 주변을 엿보고 다니는 거냐? 그 빌어먹을 눈으로 내 일거수일투족을 감시하면서 뭐 훔칠 건 없나 하고 여기저기 휘젓고 다니고. 그런 배신자가 곁에서 얼씬거리는 꼴은 더 이상 보고 싶지 않아."

"주인어른 물건을 훔쳐요? 무슨 가당치도 않은 말씀을. 뭐든지 다 안으로 챙기고 밤낮으로 지켜보는 분한테서 어떻게 물건을 훔친답니까?"

'이 녀석이 내 돈 냄새를 맡은 게 아닐까?'

아르파공은 속으로 중얼거리고는 라플래슈에게 말했다.

"너, 내가 집에 돈을 숨기고 있다고 소문 퍼뜨리고 다니는 건 아니겠지?"

"돈을 숨겨두셨어요?"

"아니, 그런 말이 아니야. 내가 돈을 숨겨두었다는 헛소문을 퍼뜨리고 다니느냐고 묻는 거야."

"아니, 나리가 돈이 있건 없건 우리와 무슨 상관이에요? 어차피 마찬가지인데."

"이놈, 내게 따지는 거냐? 어디 따진 벌로 따귀 한 대 맞아볼래? 다시 한 번 말하는데 여기서 당장 나가."

"예, 그러지요. 나갑니다."

라플래슈가 밖으로 나가려는데 아르파공이 그를 불러 세웠다.

"잠깐, 너 내 것 뭐 슬쩍한 거 없어?"

그러더니 그는 라플래슈에게 두 손을 펴보라고 했다. 아무것도 없자 이번에는 그의 주머니를 뒤졌다. 라플래슈는 어이가 없다는 표정으로 두 손을 머리 위로 쳐든 채 중얼거렸다.

"이런 사람은 정말 험한 꼴을 당해야 하는데……. 내가 이 양반 걸 훔칠 수 있다면 얼마나 좋을까?"

그 소리를 아르파공이 들었다.

"뭐야? 너 지금 뭐라고 했냐? 내 걸 훔친다고 그랬냐?"

"그럴 리 있습니까요? 나리께서 제가 뭘 훔치지나 않았는지 정말 샅샅이 잘 뒤지신다고 했을 뿐이지요."

라플래슈는 다시 혼잣말을 했다.

"어휴, 이 인색한 수전노, 나가 뒈져라."

"뭐라고? 수전노가 어쨌다고?"

"인색한 수전노 나가 죽으라고요."

"누구? 누가 나가 죽으라고?"

"아, 비열한 구두쇠들이오. 왜 자꾸 물어보세요?"

"그럴 만하니까 그러는 거다."

"제가 나리 이야기를 한다고 생각하시는 거예요?"

「**죽음과 수전노** Death and the Miser」

네덜란드 화가 히에로니무스 보스의 1494년 작품. 수전노(돈의 노예)는 여러 문화권에서 많은 작가들과 예술가들 끊임없이 다루는 소재인 동시에 아주 인기 있는 캐릭터다. 정신분석학자 지그문트 프로이트는 항문기 이론으로 이를 분석하는데, 아이에게 배변 훈련을 너무 엄하게 시키면 용변을 참는 데 강박관념이 생겨 청결이나 사회 질서에 지나치게 집착하는 사람, 또는 구두쇠나 수전노가 될 수 있다고 설명했다. 이런 그의 해석은 오늘날에는 근거가 없다고 본다. 서구 기독교 사회에서, 돈에 목매는 이런 태도를 대하는 시각은 교회의 가르침에 많은 영향을 받았다. 이에 따르면 수전노와 고리대금업자 둘 다 절대 해서는 안 되는 중대한 죄를 범하는 것이며, 틀렸음이 입증된 것이다. 예컨대 부자와 가난한 자는 서로 돕는 관계다. 부자는 돈의 노예가 되지 않기 위해 가난한 사람의 기도가 필요하며, 그 기도를 받으려면 자선을 베풀어야만 한다는 것이다.

"내가 무슨 생각을 하든, 네가 무슨 상관이야. 도대체 누구한테 나가 죽으라고 한 건지 털어놓지 못할까!"

"그냥 혼잣말한 거예요. 저는 뭐 수전노 욕도 맘대로 못 하나요?"

"그건 아니지만 시건방지게 입 놀리지 말고 입 다물어."

"그게 그렇게 켕기시면 안 그러시면 되잖아요."

"입 안 다물어!"

라플래슈는 속옷 주머니를 스스로 까뒤집어 아르파공에게 보여주며 말했다.

"여기도 주머니가 하나 더 있네요. 자, 여기도 보세요. 이만하면 됐어요?"

아르파공은 그제야 그를 놓아주면서 중얼거렸다.

"저런 놈들은 적어도 마음속으로는 수없이 도둑질했을 거야. 빌어먹을 하인 녀석 때문에 영 신경이 쓰이는군. 저런 절뚝발이 녀석들은 도무지 마음에 안 든단 말이야. 암튼 자기 집에 많은 돈을 둔다는 건 참 보통 일이 아니야. 전 재산을 어디 안전한 데 간수해두고 필요한 만큼만 몸에 지니고 다니면 좋을 텐데 말이야. 그런데 어디 안전한 데가 있어야지. 집 안에서도 안심하고 돈을 숨기는 건 쉬운 일이 아니야. 금고도 도둑들에게는 미끼가 되거든. 어제 돌려받은 5만 프랑을 정원에 묻은 게 잘한 일인지 모르겠다."

바로 그때 남매가 이야기를 주고받으며 나타났다. 아르파공은 화들짝 놀랐다.

'어이구! 내가 내 비밀을 털어놓은 셈이네. 너무 더워서 내 정신이 나간 모양이야. 내가 너무 목소리를 높여 말한 거 아닐까? 저것들이 들었으면 정말 큰일인데…….'

아르파공이 그들에게 말했다.

"여기서 뭐 하는 거냐? 너희 들었냐?"

클레앙트가 되물었다.

"뭘요, 아버지?"

"조금 전에 내가 한 말."

"무슨 말씀을 하셨어요?"

"들었지? 그렇지, 들었지?"

아버지가 다그치자 엘리즈가 엉겁결에 빌었다.

"잘못했어요."

"너희가 내 말을 들었다는 거 다 알아. 내가 자세히 말해주

마. 오늘 내가 돈을 구하느라 아주 힘들었다. 그래서 집에 5만 프랑이 있는 사람은 정말 행복할 거라고 중얼거리고 있었던 거다. 내게 5만 프랑이 있으면 얼마나 좋을까. 그러면 내 형편이 나아질 텐데…….”

그러자 클레앙트가 말했다.

“아유, 아버지. 아버지가 불평하실 게 뭐 있어요? 아버지 돈 많은 거 다들 알고 있는데요. 아버지에게 5만 프랑은 큰돈도 아니잖아요.”

아르파공이 벌컥 화를 냈다.

“뭐라고! 내가 돈이 많다고? 그런 말 하는 놈들은 다 거짓말쟁이야. 그런 말 퍼뜨리는 놈들은 나쁜 놈들이야. 게다가 뭐? 5만 프랑이 큰돈이 아니라고? 내 목숨보다 귀한 그 돈이 하찮은 거라고? 이런 정신 나간 놈 같으니!”

엘리즈가 화내지 말라고 달래자 그가 다시 말했다.

“내 자식들마저 나를 버리고 원수가 되다니! 어떻게 세상에 이런 일이!”

클레앙트가 비꼬듯이 말했다.

“아버지가 돈이 많다고 말하면 아버지 원수가 되나요?”

"그럼. 너처럼 그따위 쓸데없는 말이나 하고 다니고 돈이나 써대면 내가 엄청난 부자인 줄 알고 도둑놈들이 내 목을 베러 집으로 들이닥칠걸. 그러니 원수가 아니고 뭐냐?"

"아니, 아버지. 제가 무슨 돈을 많이 쓴다고 그러세요? 제가 무슨 돈이 있나요? 아버지가 제게 돈을 주신 적이나 있나요?"

"무슨 돈을 쓰느냐고? 그 옷차림이 그게 뭐냐? 그런 옷을 입고 온 동네를 휘젓고 다니다니. 네 머리부터 발끝까지 쓴 돈이면 벌써 어디 좋은 데 투자를 할 수 있었을 거다. 넌 건달이야. 그렇게 차려입으려면 내 돈을 슬쩍할 수밖에 없어."

"아니, 어떻게 아버지 돈을 훔쳐요? 방법이 있으면 좀 가르쳐주세요."

"난들 알아? 그렇지 않다면 이렇게 몸치장하는 데 드는 돈을 도대체 어디서 구한 거냐?"

"제가 돈내기를 좀 하거든요. 운이 억세게 좋아 돈을 많이 땄고 그 돈으로 몽땅 옷을 해 입었어요."

"참으로 정신 나간 놈이로구나. 재수가 좋아 돈을 땄으면 비싼 이자 받을 곳에 빌려주어야지, 그걸로 옷을 해 입어? 게다가 머리부터 발끝까지 덕지덕지 휘감은 이 리본들은 다 뭐냐? 공짜 생머리가 멀쩡한데 가발은 또 뭐고?"

그러자 클레앙트와 엘리즈가 서로 먼저 이야기를 꺼내라고 눈짓을 했다. 클레앙트가 용기를 내서 말했다.

"아버지, 저희 결혼 문제로 아버지께 드릴 말씀이 있습니다."

"그래? 나도 결혼 문제로 너희에게 이야기할 게 있는데. 너희 이 근처에 사는 마리안이라는 젊은 처녀 본 적 있니?"

아버지 입에서 뜻밖에 마리안의 이름이 튀어나오자 클레앙트는 깜짝 놀랐다.

'아버지가 이미 알고 계셨나? 내 결혼 이야기를 꺼내시려는 건가? 절대 안 된다고 하실 줄 알았는데…….'

그가 더 생각에 잠길 틈도 없이 아르파공이 재차 말했다.

"본 적이 있느냐고 물었잖아."

"네, 아버지."

"엘리즈, 너는?"

"말로는 들었어요."

"아들아, 그 처녀 어떻게 생각하느냐?"

클레앙트는 영문도 모르는 채 곧이곧대로 말했다.

"매력적이고 지적이지요. 행동거지도 훌륭하고요."

"그런 처녀라면 아주 바람직한 배필이겠지?"

아버지 입에서 배필이라는 단어가 나오자 클레앙트는 신이 나서 대답했다.

"바람직하고말고요."

"살림도 잘하겠지?"

"그렇다마다요."

"그런 여자와 결혼하면 정말 만족스럽겠지?"

"여부가 있나요?"

"그런데 조금 문제가 있긴 해. 그 처녀에게 재산이 있는지 없는지가 문제야."

"에이! 아버지도. 그런 훌륭한 여자와 결혼하는 데 돈이 무슨 상관이겠어요?"

"그래, 내가 잘못 생각했다. 그 처녀가 가져올 돈이 없으면 대신 다른 데서 벌어들이게 하면 되지. 너희가 그 여자를 좋게 보니 안심이 된다. 그 처녀가 태도도 정숙하고 마음씨도 상냥해서 내 마음을 사로잡았다. 그 처녀에게 약간의 재산만 있다면 내가 그 처녀와 결혼하기로 작정했다."

클레앙트는 자신의 귀를 의심했다.

'뭐야? 아버지가 마리안과 결혼한다고? 내가 사랑하는 마리안과?'

"아버지, 지금 뭐라고 하셨어요? 누가요? 아버지가요?"

"그래, 바로 나 말이다. 근데 너 왜 그러는 거냐?"

클레앙트는 정신이 없어 휘청거렸다.

"저, 갑자기 어지러워요. 이만 가봐야겠어요."

그러자 아르파공이 말했다.

"별일 없을 거다. 냉큼 부엌에 가서 냉수나 한 잔 마셔라. 젊은것들은 멋만 부릴 줄 알지 도무지 허약해서……. 엘리즈야, 내 결혼은 그렇게 정했다. 너희 결혼 문제도 이야기해보자고 했지? 네 오빠는 누군가 말해준 과부하고 결혼한다. 그리고 너는 앙셀므 씨와 결혼한다."

엘리즈가 놀라서 물었다.

"앙셀므 씨요?"

"그래. 나이가 지긋하고 점잖은 사람이지. 신중하고 사려 깊고. 나이는 한 오십 되었다더라. 돈이 아주 많대."

엘리즈는 아버지에게 절을 하며 말했다.

"아버지, 죄송하지만 저는 결혼할 생각이 전혀 없어요."

그러자 아르파공이 딸 흉내를 내며 말했다.

"우리 사랑하는 따님! 미안하지만 나는 우리 따님이 결혼해 주시길 간절히 바란답니다."

"용서해주세요, 아버지."

"용서해다오, 내 딸아."

"앙셀므 씨께 다른 건 뭐든 다 해드릴 수 있어요. 그렇지만 결혼만은 절대로……."

"나도 뭐든 네가 해달라는 대로 해주마. 하지만 결혼만은 제발……. 사랑하는 따님, 부디 오늘 저녁 당장 결혼하도록 해주시겠어요?"

엘리즈는 소스라치게 놀랐다.

"뭐라고요, 아버지! 오늘 저녁이요?"

"그래, 오늘 저녁."

"아버지, 그렇게는 안 돼요. 이건 아버지가 강요하신다고 될 일이 아니에요."

"이건 네가 내 말을 따르지 않는다고 될 일이 아니란다."

"그런 남편을 맞느니 차라리 죽어버리겠어요."

"지금 대드는 거냐? 딸이 제 아비에게 이렇게 말해도 되는 거냐?"

"그렇다면 아버지가 자기 딸을 이런 식으로 시집보내도 되는 건가요?"

"흠잡을 데 없는 남편감이다. 모든 사람이 잘한 선택이라고 할 거다. 마침 저기 발레르가 보이는구나. 우리 발레르에게 한번 판단해보라고 하자."

엘리즈는 정말 잘되었다고 생각하고 냉큼 동의했다.

"그래요, 아버지, 저 사람에게 물어봐요."

"발레르 판단을 따를 거지?"

"네, 그 사람 의견대로 하겠어요."

"좋아, 그러면 됐다."

아르파공은 발레르를 불러서 물었다.

"발레르, 이리 오너라. 내 딸하고 나 둘 중 누가 옳은지 네 판단에 맡기기로 했다."

그러자 발레르가 냉큼 대답했다.

"두말할 필요 없이 나리 말씀이 옳습니다."

"우리가 무슨 이야기를 하고 있었는지 알기나 하나?"

"모르지요. 하지만 나리께서 틀리실 리가 있나요? 나리는 언제나 옳으십니다."

"나는 오늘 밤 이 아이를 돈도 많고 품성도 좋은 남자에게 시집보내려 한다. 그런데 이 못된 것이 내 앞에서 그런 사람하고 결혼하지 않겠다고 하는군. 네 생각은 어떠냐?"

발레르는 놀라서 더듬거렸다. 그러자 아르파공이 재차 그의 생각을 물었다.

"저는, 저는 나리 생각과 같고, 또 나리께서는 항상 옳으시지만, 따님 말씀이 완전히 틀렸다고 하기에는……."

"더없이 좋은 사람이야. 게다가 전처소생도 없어. 얘가 어디서 그보다 좋은 남편을 만나겠느냐?"

"맞는 말씀입니다. 그렇지만 따님 입장에서 보면 나리께서 일을 너무 서두르신다고 볼 수도 있고, 마음을 정리하려면 시간이 필요하다고 볼 수도 있고……."

"이런 기회는 빨리 낚아채야 해. 이런 좋은 조건은 다시 찾을 수 없거든. 얘를 지참금도 없이 그냥 데려가겠다는 거야."

"지참금도 없이요?"

"그래."

"그렇다면 더 드릴 말씀이 없네요. 그건 아주 확실한 이유가 됩니다. 거기에 따라야지요."

"세상에 이보다 더 큰 절약이 어디 있나?"

"그럼요. 두말하면 잔소리죠. 그런데 결혼이란 생각보다 더 큰일이고 죽을 때까지 계속되는 거니까, 좀 신중해야 할 필요가……. 따님도 그 말씀을 드리는 것이고……."

"지참금이 필요 없다니까!"

"지당하신 말씀입니다. 그게 결정적이지요. 하지만 성격이나 나이 차 이런 것들을 따님이 어떻게 생각하는지 한번 들어보는 게……."

"글쎄, 지참금이 필요 없어!"

"아! 그 말씀에는 뭐라 드릴 말이 없네요. 어떤 놈이 다른 말을 하겠어요. 다만 돈보다는 딸의 행복을 더 소중히 여기는 아버지들이 많다는 말씀을 드리는 것뿐이지요. 딸이 평안하고 기쁘게 결혼할 수 있기를 바라는 아버지들이……."

"지참금이 없어!"

"맞습니다. 그 말 한마디에 모두 입을 다물 수밖에 없지요. 지참금이 필요 없어! 그 말에 누가 맞서겠습니까?"

그때였다. 정원에서 개 짖는 소리가 들렸다. 아르파공은 도둑이라도 들었는지, 누가 자기 돈을 노리는 것이나 아닌지 걱정이 되어, 곧 돌아온다며 밖으로 나갔다.

단둘이 있게 되자 엘리즈가 발레르를 비난했다.

“아니, 아버지와 그런 이야기를 나누다니, 장난하는 거예요?”

그러자 발레르가 말했다.

“아버지를 자극하지 않기 위해서입니다. 아버지 같은 분은 정면으로 거스르면 모든 것을 망치게 됩니다. 이런 분들을 원하는 곳으로 이끌기 위해서는 돌아가야만 합니다. 당신도 아버지가 원하는 대로 따르는 척하세요. 그래야 우리가 원하는 걸 얻을 수 있을 겁니다.”

“그렇다면 그 결혼은요?”

“깨뜨릴 방법을 찾아보아야지요. 결혼을 미루어야지요. 어디가 아프다고 꾀병을 앓던지. 이도 저도 안 되면 우리 둘이 도망가는 거지요.”

그때 아르파공이 다시 들어왔다. 발레르가 아르파공에게 말했다.

“그렇습니다. 딸은 아버지 말을 따라야 하는 겁니다. 남편이 어떻게 생겼는지 신경 써서는 안 돼요. 지참금이 없다는 대의명분을 따라야지요."

그러자 아르파공이 말했다.

"네 말에 탄복했다. 네게 내 딸에 대한 절대적인 권한을 주마. 엘리즈야, 앞으로는 무조건 이 친구가 하라는 대로 해라."

"나리, 명대로 하겠습니다. 제가 따님과 둘이 있으면서 마저 훈계를 하겠습니다. 나리는 산다는 게 뭔지 정말 아시는 분입니다. 딸을 지참금 없이 데려가겠다는 사람이 나섰다면 다른 건 볼 것도 없지요. 모든 게 다 그 안에 들어 있지요. 미모, 젊음, 신분, 명예, 지혜, 그리고 성실함까지 다 대신할 수 있지요."

"너는 정말 좋은 청년이야. 신이 하실 만한 말씀을 네 입에서 듣게 되는구나. 너 같은 하인을 두다니 정말 행복하구나."

말을 마친 후 아르파공은 시내에 볼일이 있다며 밖으로 나갔고 발레르는 엘리즈와 함께 남아 사랑을 속삭였다.

2

한편 하인 라플래슈와 만나기로 약속 했던 장소에서 그를 만나지 못한 클레앙트는 발을 동동 구르고 있었다. 그때 라플래슈가 나타났다. 그를 보자 클레앙트가 호통을 쳤다.

“아니, 도대체 어디서 뭘 하고 있었던 거야. 얼마나 기다렸다고.”

“도련님, 내내 여기서 기다리고 있었지요. 그런데 도련님 아버지께서 막무가내로 저를 쫓아내시지 뭐예요. 두들겨 맞을 뻔했어요.”

“자, 일이 어찌 되었는지 말해줘. 상황이 급하게 됐어. 세상에, 아버지가 연적이라니!"

"아니, 나리가 사랑을 하신다고요?"

"그렇다니까! 얼마나 당황했는지 감추느라 무진 애썼어."

"나리가 사랑 같은 걸 하시다니요? 세상 사람들을 놀리려는 걸까요? 사랑이 나리 같은 사람에게 가당키나 한가요?"

"아무튼 급해. 빨리 결혼을 막아야 해. 어서 말해. 어떻게 됐어?"

"말도 마세요. 돈 빌리는 사람만 불쌍하지요. 도련님처럼 고리대금업자에게 손 벌릴 처지가 되면 별 험한 꼴을 다 당하기 마련이에요."

"왜, 일이 잘 안 될 것 같아?"

"어쨌든 가운데서 다리를 놓은 시몽 영감이 발에 땀이 나도록 뛰어서 겨우 일이 되긴 했어요."

"그럼 내가 원하는 1만 5,000프랑을 손에 넣게 되는 건가?"

"네. 하지만 몇 가지 조건이 있어요."

"돈 빌려줄 사람을 직접 만나봤어?"

"에이! 그렇게 호락호락하지 않아요. 도련님보다 더 자기 신분을 감추려 한다니까요. 오늘 도련님이 직접 만나보셔야 해요. 도련님의 재산과 집안에 대해 직접 듣고 싶은 거지요."

"어머니가 돌아가시면서 물려주신 재산이 있으니 걱정 없어. 비록 지금은 손도 못 대고 있지만."

"그런데 중개인을 통해 들은 몇 가지 조항이 있어요. 우선 확실한 보증이 있어야 해요. 또 채무자는 재산이 많은 집안 출신이어야 한대요. 그리고 공증인 입회하에 계약서를 작성해야 한다네요."

"그런 거야 어렵지 않지. 이자는 얼마래?"

"5부 5리랍니다."

"생각보다 싼데. 좋아. 그다음엔?"

"이게 좀……. 채권자가 지금 그 돈을 가지고 있지 않답니다. 그래서 다른 곳에서 2할의 이자로 그 돈을 빌려야 한답니다. 그 이자는 물론 도련님이 내셔야 하고요."

"뭐야? 결국 이자가 2할 5부가 넘는다는 거 아냐?"

"그러게요. 그러니 도련님, 생각 좀 해보셔야겠습니다."

"생각은 무슨 생각! 지금 당장 돈이 필요한데. 하라는 대로 해야 해."

"실은 저도 그렇게 대답했지요. 그런데 사소한 조건이 하나 더 있습니다."

"이번엔 또 뭔가?"

"그게 좀……. 요청한 1만 5,000프랑 중 1만 2,000프랑만 현금으로 제공하겠답니다. 나머지는 채권자가 제시한 물건들로 충당하겠답니다."

"이게 도대체 무슨 소리야?"

"물품 목록을 들어보세요. 첫째 어린이용 침대 하나, 둘째 침대 커버 하나, 셋째 양탄자 하나, 넷째 탁자 하나, 다섯째 화승총 세 자루, 여섯째 화덕 하나, 그다음에 체스판 기타 등등 잡동사니들이 많아요."

"뭐야, 정말 음흉하기 그지없는 자로군. 쓰레기 같은 것들을 내게 3,000프랑에 떠넘겨? 아무짝에도 쓸모없는 것들을! 하지만 어쩌겠나. 그 날강도가 내 목에 칼을 들이대고 있는 셈이니 받아들이는 수밖에."

클레앙트는 라플래슈, 시몽 영감과 함께 돈을 빌려주기로 한 채권자를 만나러 갔다. 시몽 영감이 돈을 빌려주기로 한 사람에게 말했다.

"나리, 여기 돈이 필요한 청년이 왔습니다. 돈이 급해서 나리께서 말씀하신 조건을 모두 받아들이겠답니다."

"그래, 위험 부담은 없겠지? 집안은 어떤 친구인가?"

"직접 만나보고 판단하시지요. 그 사람 하인 말로는 그 사람이 누군지 나리께서 아시면 만족하실 거라고 하더군요. 그 사람 집안은 대단히 부자고 어머니는 이미 돌아가셨습니다. 게다가 만일 나리가 원하시면 자기 아버지가 여덟 달 안에 죽을 거라는 약속도 할 수 있답니다. 아버지 재산을 다 물려받게 되는 거지요."

그러자 채권자가 만족스러운 목소리로 말했다.

"그거 대단하군. 우리가 능력 있을 때 사람들에게 즐거움을 안겨주는 게 바로 자비심이지."

그런데 그들이 이야기를 나누는 모습을 보고 라플래슈가 깜짝 놀랐다. 그가 클레앙트에게 낮은 목소리로 말했다.

"아이고, 이게 무슨 일이지요? 시몽 영감이 도련님 아버지와 이야기를 하고 있다니요!"

그러자 역시 나지막한 목소리로 클레앙트가 라플래슈에게 말했다.

"너 그 사람한테 내가 누군지 말한 거 아냐? 너 나를 배신한 거 아냐?"

그때 시몽이 클레앙트를 가리키며 말했다.

"바로 이분이 제가 말씀드린 분입니다. 나리께 1만 5,000프랑을 빌리려고 하는 사람입니다."

아르파공은 아들의 모습을 알아보고 어이가 없다는 듯 입을 다물지 못하더니 곧바로 호통을 쳤다.

"이 목매달아 죽일 놈! 이렇게 바보 같은 짓을 한 게 바로 너란 말이냐?"

클레앙트도 지지 않고 대꾸했다.

"뭐예요, 아버지! 이런 추악한 일을 하는 사람이 바로 아버지란 말입니까?"

그들의 서슬에 시몽과 라플래슈는 슬그머니 밖으로 나갔다. 그러자 아르파공이 다시 호통을 쳤다.

"이렇게 말도 안 되는 빚을 져서 자기 무덤을 파는 게 바로 너란 말이냐!"

"이렇게 흉악한 고리대금으로 돈을 벌려는 사람이 바로 아버지라니요!"

"그러고도 네가 감히 내 앞에 나서려는 거냐?"

"그러시고도 아버지는 세상 사람들 앞에 나서시려는 것인가요?"

"말해봐라. 이런 방탕한 길에 빠져서 돈을 탕진하다니! 네 부모가 피땀 흘려 모은 돈을 이렇게 날려버릴 꼴이 된 게 부끄럽지도 않으냐?"

"말씀해보세요. 체면도 돌보지 않고 이런 돈거래를 하는 게 부끄럽지도 않으세요? 끝도 없는 탐욕을 부리는 게 부끄럽지도 않으세요? 그 어떤 고리대금업자도 생각해내지 못한 야비한 술수로 돈놀이를 하시다니 부끄럽지도 않으세요?"

"내 눈앞에서 사라져라! 나쁜 놈의 자식!"

"아버지, 둘 중 누가 더 나쁜 사람일까요? 자기가 필요한 돈을 구하려는 사람하고, 자기에게 필요도 없는 돈을 훔치려는 사람 중에?"

아르파공은 클레앙트에게 썩 꺼지라고 다시 한 번 호통을 친 후에 혼자 중얼거렸다.

"이런 일이 생기길 잘했군. 앞으로 녀석이 하는 일을 바짝 신경 쓰고 지켜봐야겠어."

아르파공은 재산 단속을 더 열심히 해야겠다고 생각하며 집으로 돌아왔다. 그런데 얼마 안 되어 뚜쟁이 프로진이 그를 만나러 찾아왔다. 꾀가 많은 그녀는 아르파공에게서 뭔가 건져내려고 아르파공과 마리안 사이에 다리를 놓아주겠다고 나선 참이었는데, 결과를 보고하려고 아르파공을 찾은 것이다. 그녀의 모습을 본 아르파공이 반색을 했다.

“어, 이게 누구야. 프로진 아닌가? 그래 어떻게 됐어?”

“어이구 신수가 훤하시네요. 이렇게 혈색이 좋으신 모습은 본 적이 없는데요. 정말 젊어 보이세요.”

그러자 아르파공이 흡족한 표정을 지으며 대답했다.

“내 나이 딱 예순이야. 한 스무 살만 더 젊었어도 좋았을 텐데…….”

“농담하세요? 그런 말씀 마세요. 여기 미간 사이를 보세요. 나리께서는 백 살까지 사실 분이세요. 어디 저에게 손금을 좀 보여주세요.”

그녀는 아르파공의 손을 잡고 들여다보더니 말했다.

“어휴 이 손금을 보니 백이십 살까지 사시겠는데요.”

“고맙군그래. 그건 그렇고 우리 일은 어떻게 됐어?”

「뚜쟁이 The Matchmaker」

네덜란드 화가 헤라드 반 혼토르스트의 1625년 작품. 뚜쟁이는 결혼이 이루어지도록 남녀를 중간에서 소개해주는 사람이다. '중매인'을 낮추어 일컫는 말로서 중매쟁이, 중신어미(또는 중신아비), 마담뚜 같은 표현을 쓰기도 한다. 상당히 전문화된 뚜쟁이도 있는데, 유대인 중매인과 인도 점성술사가 그렇다. 이들은 가족과 깊은 신뢰 관계를 맺은 채 옳은 배우자를 찾도록 돕는 등, 본질상 상담원 역할을 한다. 이런 점에서 뚜쟁이는 성직자의 기능과 일부 닮았다. 중세 기독교 사회에서 중매는 확실히 마을 성직자의 또 다른 부수 역할 중 하나였다.

"그걸 꼭 물어보셔야 하나요? 제가 나서서 어디 안 될 일이 있나요? 특히 결혼 문제에 관한 한 도사지요. 제가 나서면 그 어떤 커플도 다 맺어줄 수 있답니다. 제가 마리안 어머니를 만났어요. 나리께서 마리안을 길거리에서 보시고는 결혼할 마음이 드셨다고 말했습니다."

"그래, 뭐라고 대답하던가?"

"기꺼이 동의했지요. 그뿐 아닙니다. 오늘 나리의 따님 결혼 서약식이 있지요? 딸을 거기 데려가라고 제게 맡겼습니다."

"그래 잘되었군. 그런데 말이야, 지참금 이야기는 해봤어? 아무것도 가져오지 않는 여자와는 결혼할 수 없는 법이거든."

"걱정하지 마세요. 연금을 1만 2,000프랑이나 가져올 테니까요."

아르파공의 눈이 휘둥그레졌다.

"1만 2,000프랑씩이나!"

"그럼요. 제 이야기를 들어보세요. 우선 마리안은 소박하게 먹으며 자랐어요. 그저 샐러드, 우유, 치즈, 그리고 사과만 있으면 됩니다. 호사스럽게 먹어대는 여자에 비하면 일 년에 3,000프랑은 절약이 되지요. 게다가 멋있는 옷, 호사스러운 장

신구 다 필요 없어요. 그런 것 해주려면 일 년에 4,000프랑 정도는 들 걸요. 게다가 마리안은 요즘 여자답지 않게 도박을 아주 싫어한답니다. 저희 동네 여자 하나는 도박을 즐기다가 2만 프랑을 날렸답니다. 그 4분의 1만 해도 5,000프랑이에요. 그러니 다 합하면 1만 2,000프랑 연금을 가져오는 셈이지요."

"그래, 그거 나쁘지 않군. 하지만 뭔가 비현실적이야. 내가 받는 건 아무것도 없잖아. 실제로 받지도 않은 것에 대해 영수증을 끊어줄 수는 없어. 어쨌든 뭔가 받아야겠어."

"아유, 나리! 언젠가 받게 될 거예요. 그 모녀가 나중에 나리 차지가 될 재산을 어딘가에 갖고 있다고 제게 말한 적이 있거든요."

"그래? 어쨌든 좋아, 그 이야기는 나중에 하지. 그런데 걱정이 하나 있어. 자네도 알다시피 젊은것들은 자기 또래와 함께 있고 싶어 하잖아. 나이 먹은 내가 그녀 마음에 들까?"

"에이! 마리안을 잘 모르고 하시는 말씀이네요! 마리안은 젊은 사람이라면 치를 떨고 나이 든 사람만 좋아한답니다."

"정말인가?"

"정말이고말고요. 마리안이 하는 말을 나리가 직접 들었어야 하는데……. 마리안은 젊은 사람 꼴은 못 본답니다. 수염이 위엄 있게 난 노인들보다 더 황홀한 건 없다고 마리안이 직접 말했어요. 나이 들수록 더 멋지게 보인다고요. 그러니 마리안 앞에서 실제 나이보다 젊어 보이려고 하지 마세요. 아무리 못 돼도 육십은 돼야 한다고 하니까요. 특히 코에는 안경을 걸쳐야 좋아한답니다."

"당신도 내 모습이 보기에 좋다고 생각해?"

"나리 같은 분을 보니까 잘생겼다는 말이 실감 나네요. 나리 얼굴은 한 폭의 그림으로 옮겨놓아야 해요. 어디 한구석 흠잡을 데가 없어요. 건강도 좋으시고요."

"그래, 다 좋은데, 기침이 쉴 새 없이 나온단 말이야."

"그게 어때서요? 나리께는 기침이 잘 어울려요. 나리께서는 기침하시는 모습도 매력적이라니까요."

"한 가지 더 물어보지. 혹시 마리안은 나를 눈여겨본 적이 없다던가?"

"아직은요. 하지만 저랑 나리에 대해 많은 이야기를 했답니다. 나리의 장점도 다 이야기해주었고 나리와 결혼하면 마리안이 얼마나 행복할지도 다 말해주었습니다."

"잘했어. 고맙군."

"나리, 제가 나리께 조그만 청이 하나 있습니다. 제가 돈이 조금 모자라서 재판에 지게 생겼거든요. 나리께서 좀 도와주시면 제가 재판에서 쉽게 이길 것 같아요."

순간 아르파공의 얼굴이 굳어졌다.

프로진은 얼른 말을 바꿨다.

"마리안이 나리를 보면 얼마나 기뻐할지 나리는 모르고 계시지요? 나리 목둘레의 주름을 보면 얼마나 행복해할까요? 그렇지만 무엇보다 저고리에 끈으로 붙들어 맨 나리의 바지를 보면 완전히 매료될 거예요."

아르파공의 얼굴이 다시 밝아지자 프로진은 다시 돈 이야기를 꺼냈다. 그러자 다시 아르파공의 얼굴이 굳어지더니 프로진에게 말했다.

"이제 가봐. 나는 편지 쓰던 거나 마저 끝내야겠어."

"재판에 지면 전 끝장이고, 정말 피치 못할 사정이라서 말씀드리는 거랍니다."

프로진이 재차 말했지만 소용없었다.

"누가 저기서 나를 찾나보네."

프로진이 끈질기게 돈 이야기를 하자 아르파공은 이렇게 말하며 나가버렸다.

홀로 남은 프로진이 이를 갈았다.

“망할 놈의 영감탱이. 염병에나 걸려라. 저놈의 구두쇠가 내 공격을 다 막아내는군. 그렇지만 포기할 내가 아니지. 내게는 다른 카드가 있으니까. 어디 그래도 내게 보상 안 해주고 배기나 보자.

3

드디어 마리안이 아르파공의 집을 방문하는 날이 왔다. 아르파공은 하인들을 불러 모아 집 안 청소며 이런저런 준비를 시켰다. 그리고 엘리즈와 클레앙트에게 밝은 얼굴로 마리안을 맞으라고 말했다. 클레앙트가 아르파공에게 대답했다.

"아버지, 솔직히 말씀드리지요. 그 사람이 제 새어머니가 되는 자리에 제가 마음 편히 있겠다는 약속은 못 드리겠습니다. 하지만 그 사람을 밝은 얼굴로 맞으라는 지시는 어김없이 지키겠습니다."

모두에게 지시가 끝나자 아르파공은 마부 겸 조리사 일을 맡고 있는 자크 영감을 불러서 말했다.

"자크 영감, 오늘 내가 만찬을 베풀기로 작정했네."

"나리, 정말 놀라운 일이군요."

"잔소리 말고 시키는 대로 해. 영감, 오늘 근사한 식사를 준비해줄 수 있겠나?"

"그럼요, 돈만 많이 주신다면요."

그러자 아르파공이 눈살을 찌푸렸다.

"이런 젠장! 언제나 돈타령이야! 이것들은 도대체 다른 말은 할 줄 모르나? 돈, 돈, 돈 빼고 다른 말! 입만 열면 돈타령이니, 돈 빼면 할 이야기가 없나?"

그러자 옆에 있던 발레르가 맞장구쳤다.

"정말 버르장머리 없는 대답이군요. 돈 많이 주면 훌륭한 식사를 차리겠다! 참 대단한 일이네요! 그런 일은 아무리 바보라도 할 수 있어요. 능력 있는 사람이라면 돈이 없어도 좋은 음식을 차려 내오겠다고 말해야 하는 거 아닌가요?"

그러자 자크 영감이 말했다.

"아니, 돈 없이 좋은 음식을 차려?"

"그럼요."

"어이쿠, 집사 나리. 비책이라도 있으면 좀 알려주시구려. 아니면 직접 조리사 일을 맡아 하시든가. 여기 만능 집사 나셨네."

듣고 있던 아르파공이 나섰다.

"입 닥치고들 있어! 영감, 우리에게 필요한 게 뭐지?"

"아, 글쎄, 집사 나리께서 돈 안 들이고도 좋은 음식을 내올 수 있답니다."

"어허! 묻는 말에 대답이나 하라니까."

"전부 몇 분이나 오시지요?"

"여덟 명 아니면 열 명인데, 팔 인분만 하면 돼. 여덟 명 먹을 음식이면 열 명이 충분히 먹을 수 있지."

"그러면 수프 큰 거로 네 통 하고 요리 다섯 접시가 있어야 할 겁니다. 거기다 생선 요리와 로스트 사이에 먹는 요리인 앙트레도……."

아르파공이 큰 소리를 쳤다.

"뭐야! 동네 사람 다 불러서 먹일 작정이야!"

자크 영감은 시치미를 떼고 계속 말했다.

"로스트 다음에는 앙트르메 요리를 내고, 그리고 또……."

"이런 괘씸한 것 같으니! 내 재산을 다 말아먹으려고 작정

「**결혼 잔치** Wedding banquet」

작자 미상의 15세기 작품. 보통 서양에서 주 요리 전이나 주 요리 사이에 나오는 음식을 앙트레(entrée), 후식인 디저트를 앙트르메(entremets)라고 한다. 이와 달리 미국에서는 주 요리를 앙트레라고 부른다. 흔히 주 요리인 생선 요리 또는 국물 요리가 먼저 나오고, 이어서 중간에 앙트레가 나오며, 다음으로 다시 주 요리인 구이 요리가 나오고, 마지막으로 디저트인 앙트르메가 나오는 식이다. 앙트레는 샐러드 같은 음식, 앙트르메는 초콜릿이나 과일 같은 후식에 해당한다고 보면 된다.

했구나!"

그러자 발레르가 또 맞장구를 쳤다.

"사람들을 모두 소화불량에 걸리게 할 셈인가요? 사람들을 배 터져 죽게 만들려고 초대한 줄 알아요? 세상에 과식보다 더 해로운 게 있는 줄도 모르고……. 손님들을 위해서라도 소식하게끔 음식을 차려야 해요. 이런 옛말도 몰라요? 우리는 먹기 위해 사는 것이 아니라 살기 위해 먹는다!"

아르파공이 그 말을 듣더니 반색을 했다.

"어, 그 말 참 좋다! 내가 평생 들어본 격언 중에서 가장 멋진 말이군. 살기 위해 먹는 게 아니라, 그러니까 먹는 게……. 아니 뭐라고 했지?"

"먹기 위해 사는 것이 아니라 살기 위해 먹는다!"

"멋져, 멋져! 그 말을 한 위대한 사람이 누구냐?"

"이름은 생각이 나지 않습니다."

"그 말 잊지 말고 내게 써줘. 내 방 벽난로 위에 금 글씨로 새겨놓을 거야."

발레르가 대답했다.

"분부대로 하겠습니다. 그리고 나리, 만찬은 제게 맡기시면 됩니다. 제가 빈틈없이 해결해놓겠습니다."

"그렇게 하게. 사람들이 잘 먹지 않는 음식, 조금만 먹어도 배부르게 하는 음식이 필요할 거야. 걸쭉한 양고기 스튜에다가 밤을 꽉 채운 밀가루 파이 요리를 곁들이게 해야지. 그걸 불어터지게 하는 거야."

발레르가 대답했다.

"모든 걸 제게 맡겨주십시오."

"거 참 잘됐군. 고생 덜었네."

혼잣말로 중얼거리며 물러나려는 자크 영감을 아르파공이 다시 불렀다.

"이봐, 영감은 가서 내 마차를 닦아주게. 장을 보라고 사람을 보내야 하니. 그리고 말들을 준비해놓도록."

"나리 말들이오? 어이쿠, 걔네들 지금 걸을 수 있는 상태가 아닌뎁쇼. 마구간 꼴은 또 어떻고요? 그 불쌍한 것들에게 깔아줄 건초 하나 없어요. 얼마나 안 먹였는지 겉모습만 그저 말일 뿐입니다."

"그놈의 말들이 아프다는 핑계로 아무 일도 안 하려드는 거야?"

"아니, 아무 일도 하지 않는다고 먹지도 말란 말입니까? 그 꼴을 보면 제 가슴이 미어집니다. 저는 매일 말들을 위해 제가 먹을 것까지 덜어놓습니다. 나리, 이웃을 불쌍히 여기지 않는 사람은 정말 몰인정한 사람입니다. 암튼 그 꼴로는 마차를 한 발자국도 못 끌 겁니다. 저는 못 해요."

그러자 또 발레르가 나섰다.

"제가 옆집 피카르디 씨한테 부탁해서 그 말들을 부리라고 하겠습니다. 자크 영감은 여기서 저녁 준비하는 데 더 필요한 사람이니까요."

그러자 자크 영감이 한마디 했다.

"그러라고 하죠. 말들이 제 손안에서 죽는 것보다는 남의 손에 죽는 게 차라리 나으니까요."

그 말을 듣고 발레르가 자크 영감에게 곱지 않은 표정으로 말했다.

"영감, 제법 잘 따지는 척하는군요."

"집사 나리는 꼭 필요한 일을 잘하는 척하시네요."

둘이 으르렁거리자 아르파공이 조용히 하라고 소리쳤다. 그러나 자크 영감은 물러서지 않고 계속 말했다.

"저는 아첨꾼들 꼴은 두고 못 봅니다. 제 눈에는 빤히 보이거든요. 이 친구는 그저 나리 비위만 맞추려는 겁니다. 저는 매일같이 사람들이 나리 이야기를 하는 걸 들으면 정말 기분이 언짢아요. 아마 저도 모르게 나리에게 정이 들었나 봐요. 저는 제 말 다음으로 나리를 좋아하거든요."

그러자 아르파공이 자크 영감에게 말했다.

"영감, 사람들이 내게 뭐라고 하는지 내가 좀 알 수 없을까?"

"나리께서 화를 내지 않으시겠다고 약속만 하신다면……."

"화는 무슨 화. 어서 말해봐. 남들이 나를 두고 무슨 말을 하는지 안다는 건 즐거운 일이야. 그런데 왜 화를 내?"

"그렇다면 솔직히 말씀드리겠습니다. 모두 나리를 놀려대지요. 나리가 인색하다며 욕하는 게 사람들의 최고 오락거리지요. 저는 이런 말도 들었습니다. 나리께서 특수 달력을 만들었다고 하더군요. 그 달력에는 금식일이 두 배로 되어 있어서 나리께서 집안사람들을 쫄쫄 굶긴다고요. 또 이런 말도 하더군요. 나리께서 새해 선물을 주실 때나 하인들이 사직할 때, 늘 싸움거리를 마련해놓는다고요. 그래서 한 푼도 주지 않고 슬쩍 넘어간다고요.

이런 이야기를 하는 사람도 있습니다. 먹다 남은 양다리를 이웃집 고양이가 먹어치웠다고 경찰에 고발하셨다고요. 이런 일도 있었다면서요? 어느 날 밤인가 나리께서 손수 나리의 말들에게 먹일 귀리를 훔치려다 마부에게 들켰다면서요? 물론 제가 오기 전에 마부 일을 하던 친구 이야깁니다. 그 친구한테 흠씬 두들겨 맞고도 아무 소리 못 했다고 하더군요. 하던 김에 계속할까요? 어디를 가든 모든 사람이 나리를 헐뜯더군요. 나리는 모든 사람의 웃음거리지요. 나리에 대해 이야기할 때면 꼭 수전노라든가, 구두쇠라든가, 비열한 인간, 질 나쁜 고리대금업자라고 말한답니다."

그의 말이 끝나기 무섭게 아르파공은 그에게 달려들어 두들겨 패기 시작했다.

"이런 사기꾼, 망나니, 개 같은 놈!"

자크 영감이 도망가면서 말했다.

"아이고, 제가 뭐라고 했습니까? 사실대로 말씀드리면 화를 내실 거라고 했잖아요!"

자크 영감이 주인의 매를 피해 대문 밖으로 나가니 마침 프로진이 마리안을 데리고 와 있었다. 프로진이 주인어른 집에 계시냐고 묻자 자크 영감이 그렇다고 대답했다.

"그렇다면 우리가 왔다고 말해줘요."

자크 영감이 안으로 들어가자 마리안이 불안한 표정으로 프로진에게 말했다.

"프로진, 솔직히 말하면 정말 두려워요."

"왜요? 뭐가 그리 걱정이에요?"

"그걸 꼭 물어봐야 알겠어요? 내가 얼마나 깊은 고통의 구렁텅이에 빠져 있는지 알잖아요."

"아, 그때 말한 그 청년 때문에 그러는군요."

"그래요, 나도 어쩔 수 없는 일이에요. 프로진, 고백하지만 그분이 우리 집을 정중하게 방문했을 때 내 마음은 이미 그에게 움직였어요."

"그 사람이 누군지는 알고 만났나요?"

"아뇨, 전혀 몰라요. 확실한 건 내가 그분을 사랑한다는 거예요. 내가 스스로 선택할 수 있다면 그분을 택하지 이 사람은 절대로 아니에요."

"잊어버려요. 젊은 사람들은 대개 말만 번지르르하지 돈 한 푼 없는 거지들이니까. 더욱이 당신 처지에는 돈 많은 남편을 얻는 게 좋은 일이에요. 물론 내가 소개한 남편감이 별로고, 함께 살기에는 좀 역겹기도 한 게 사실이지요. 그렇지만 조금만 참으면 돼요. 그 사람은 금방 죽을 겁니다. 그런 다음에 더 사랑스러운 사람과 만나면 되지요."

"어머나, 세상에! 자신의 행복을 위해 누군가 죽기를 바라다니! 너무 끔찍해요. 게다가 그 사람이 그 계획대로 죽는 건 아니잖아요."

"농담해요? 당신은 곧 과부가 된다는 조건 아래에서 그 사람과 결혼하는 거예요. 결혼 계약서에 그 내용이 꼭 들어가야 해요. 그 사람이 3개월 이내에 죽지 않으면 계약 위반이 되지요."

그때 아르파공이 그들을 맞으러 밖으로 나왔다. 볼품없는 모습에 돋보기안경까지 끼고 있어 가관이었다. 그가 마리안에게 말했다.

"아름다운 마리안, 내가 안경을 쓰고 왔다고 언짢아하지 마시오. 안경을 끼고 보지 않아도 당신의 아름다움은 찬란하게 빛나지요. 당신은 별입니다. 별들 중에서도 가장 아름다운 별!

그 별을 관찰하기 위해 나는 안경을 쓴 거라오."

아르파공이 찬사를 늘어놓아도 마리안에게서 아무 반응이 없자, 그는 프로진을 돌아보며 말했다.

"프로진, 한마디도 대답을 안 하네. 나를 보고도 도통 기뻐하는 것 같지 않아. 나 같은 노인을 좋아한다고 하지 않았나? 안경까지 꼈는데……."

"아직 너무 놀라서 그런 거지요. 그리고 수줍은 처녀들이 어디 속마음을 쉽게 드러내나요?"

셋이 함께 안으로 들어가자 그들을 맞으러 엘리즈와 클레앙트가 다가왔다.

아르파공이 마리안에게 말했다.

"내 딸과 아들이 그대에게 인사하러 왔소. 자, 얘들아 새엄마가 될 사람에게 인사해라."

마리안은 엘리즈와 인사를 나눈 후 클레앙트를 알아보고 깜짝 놀랐다. 그녀가 낮은 목소리로 프로진에게 말했다.

"아, 이렇게 만나게 되다니! 프로진, 내가 말한 분이 바로 이분이에요."

그러자 아르파공이 말했다.

"내게 이런 큰 자식들이 있는 걸 보고 놀란 모양이구려. 그렇지만 곧 둘 다 어디론가 보낼 겁니다."

아르파공이 다른 데 신경 쓰는 사이 클레앙트는 아버지 모르게 마리안 곁으로 가서 낮은 목소리로 속삭였다.

"놀랐지요? 아버지가 조금 전에 당신과 결혼하겠다고 말씀하셨을 때 저도 정말 놀랐습니다."

"저는 더 놀랐어요. 당신은 마음의 준비가 되어 있었겠지만 저는 그렇지 않았거든요."

"아버지로서는 정말 좋은 선택이었겠지요. 덕분에 저도 영광스럽게 당신을 만날 기회를 갖게 되었고요. 하지만 당신이 제 새어머니가 된다는 사실은 정말로 받아들이기 어렵습니다. 저는 이 결혼에 상처받은 사람입니다. 당신도 이 결혼이 무효가 되기를 바란다면 좋으련만."

"사실 저도 당신과 같은 생각이랍니다. 저도 당신을 의붓자식으로 두고 싶은 마음이 조금도 없어요. 저는 정말 어쩔 수 없이 여기 오게 된 거예요."

그 모습을 보고 있던 아르파공이 아들을 핀잔했다.

"이놈아, 새어머니에게 무슨 버르장머리냐? 좀 더 정중하게 인사하지 못해!"

그러자 클레앙트가 아버지에게 말했다.

"아버지, 그럼 다른 식으로 인사를 하지요. 제가 아예 아버지 입장이 되어서 이분을 맞아들이겠습니다. 아버지 마음으로 인사를 하겠습니다."

아르파공이 '어라, 저놈 봐라' 하는 표정을 지었다.

클레앙트는 예를 갖춰 무릎을 꿇더니 마리안에게 말했다.

"고백컨대 이 세상에 아가씨만큼 매력적인 분은 뵌 적이 없습니다. 아가씨를 즐겁게 하는 일보다 더 행복한 건 상상도 할 수 없습니다. 아가씨의 남편이라는 칭호는 곧 영광이자 행복입니다. 저는 그 어떤 위대한 왕자의 운명보다 아가씨의 남편이 되는 운명을 택하겠습니다. 그렇습니다. 아가씨를 소유한다는 것, 그것이 제가 누릴 수 있는 행운 중에서 으뜸입니다. 어떤 장애물이 와도 극복해낼 것입니다."

그 소리를 듣고 있던 아르파공은 귀가 간질간질했다.

"얘야, 내 마음을 잘도 전했다만, 좀 살살해라."

"아버지, 아버지 대신 제가 아가씨께 드리는 찬사라니까요."

"얘야, 나도 내 마음을 전할 입은 가지고 있으니 통역은 그만해도 된다. 자, 의자를 내오너라. 함께 앉기로 하자."

그때 클레앙트가 느닷없이 아르파공의 손을 가리키며 마리안에게 말했다.

"아가씨, 아가씨께서는 아버지가 손가락에 끼고 계신 다이아몬드보다 더 아름다운 걸 보신 적이 있습니까? 정말 아름답지 않나요?"

"네, 정말 아름답게 빛나네요."

클레앙트는 재빨리 아버지 손가락에서 반지를 빼서 마리안에게 건네주며 말했다.

"자, 가까이서 보세요."

마리안은 반지를 손가락에 끼고 돌려보며 말했다.

"정말 아름다워요."

마리안은 반지를 아르파공에게 돌려주려 했다. 그때 클레앙트가 마리안을 가로막으며 말했다.

"아닙니다. 반지를 낀 아가씨 손이 너무 곱네요. 이건 아버지가 아가씨께 드리는 선물입니다."

아르파공이 대경실색했다.

"내가?"

“아버지, 아가씨께서 이걸 아버지가 준 사랑의 징표로 간직하길 원하시지요? 그렇지요?”

아르파공은 벌어진 입을 다물지 못한 채 “뭐야” 소리만 연발하며 두 손을 열심히 내젓고 있었다. 그러자 클레앙트가 재빨리 말을 이었다.

“아가씨, 돌려드릴 필요 없어요. 아버지가 저렇게 안 받겠다고 손짓을 하시잖아요.”

마리안은 여전히 반지를 돌려주려 했고 그때마다 클레앙트가 막아섰다.

“아가씨, 그렇게 굳이 돌려주려 하면 아버지를 모욕하는 겁니다.”

‘빌어먹을! 이, 나쁜 놈! 이놈이 나를 죽이기로 작정했구나!’

아르파공은 속으로 끙끙 앓으며 중얼거릴 수밖에 없었다.

그러자 클레앙트가 마리안에게 다시 한마디 했다.

“봐요. 반지를 돌려드리려고 우기니까 저렇게 화를 내시잖아요.”

그러더니 이번에는 아르파공을 보고 쐐기를 박아버렸다.

“아버지, 제 잘못이 아니에요. 저도 반지를 돌려받으려고 애쓰고 있어요. 그런데 아버지께서 이렇게 화를 내며 거절을 하시니."

"천하에 죽일 놈! 나쁜 놈!"

아르파공은 계속 조그맣게 속삭이며 흥분한 모습을 감추느라 애를 쓸 수밖에 없었다. 클레앙트는 간절한 표정으로 마리안을 보며 말했다.

"아가씨, 아버지가 몸져누우시겠어요. 제발 더 이상 거절하지 마요."

그러자 옆에 있던 프로진이 거들었다.

"아니, 무슨 격식을 그렇게 차려요! 나리가 저렇게 간절히 원하시는데. 그냥 받아요."

마리안이 반지를 손가락에 끼며 말했다.

"너무 노여워하실까 봐 일단 받아둘게요. 그렇지만 나중에 때를 봐서 돌려드릴게요."

'저 녀석이 나를 아예 말려 죽일 작정이로구나!'

아르파공은 속앓이만 하는 것밖에 도리가 없었다.

그때 하인 한 명이 안으로 들어오더니 누군가 아르파공에게 줄 돈을 가져왔다고 말했다.

그러자 클레앙트가 아르파공에게 말했다.

"아버지, 아버지는 찾아온 사람 만나러 가세요. 저는 엘리즈와 함께 아가씨를 정원으로 모시고 갈게요. 천천히 일 보시고 아버지도 오세요."

말을 마친 후 클레앙트는 엘리즈, 마리안, 프로진과 함께 정원으로 갔다.

4

정원에 이르자 클레앙트가 마리안에게 말했다.

"자, 이제 아버지도 안 계시니 우리끼리 자유롭게 이야기를 나누어보지요."

엘리즈가 먼저 입을 열었다.

"그래요, 아가씨. 오라버니가 제게 아가씨를 향한 사랑을 털어놓았어요. 정말 진심이었어요."

그러자 프로진이 기가 막힌다는 표정으로 말했다.

"정말 딱한 양반들이네요. 미리 저한테 귀띔이라도 했으면 일이 이 지경까지 되지는 않았을 것 아니에요?"

그러자 클레앙트가 말했다.

"내가 어쩔 수가 있었나요? 일이 이렇게까지 된 건 다 팔자소관이지, 뭐. 하지만 아름다운 마리안, 당신은 이제 어떻게 할 작정인가요?"

"제가 무슨 결심이라도 할 수 있는 처지인가요? 저는 그저 제 희망 사항이나 말씀드릴 수 있을 뿐이지요."

"그저 희망 사항 말고 혹시 제가 도와드릴 일 없을까요? 제가 기꺼이 몸 바쳐 당신을 도울 텐데요."

"저는 어머니 생각밖에 없어요. 어머니의 뜻을 거스르며 심려를 끼쳐드리고 싶지는 않아요. 어머니 마음을 움직여보세요. 어머니 마음을 사로잡아보세요. 그리고 제 마음이 당신께 있다는 것을 밝혀야 한다면 저도 어머니께 제 마음을 고백할게요."

클레앙트는 프로진을 향해 말했다.

"프로진, 우리 프로진. 우리를 좀 도와주지 않을래요?"

"아, 뭘 그런 걸 물어보고 그래요. 기꺼이 도와드려야죠. 저는 워낙 다정다감한 성격이라 연인들을 보면 무조건 도와주고 싶어진답니다. 자, 이 일을 어떻게 한다?"

프로진은 팔짱을 끼고 두 눈을 감았다. 클레앙트와 마리안이 초조하게 그의 입이 열리기를 기다렸다. 얼마간 생각에 잠겼던 프로진이 이윽고 입을 열어 마리안에게 말했다.

"어머니는 사리에 어긋나는 분이 아니니까 설득할 수도 있을 거예요."

그러더니 클레앙트 쪽으로 고개를 돌리고 말했다.

"그런데 문제는 도련님 아버지가 바로 도련님 아버지라는 거지요."

"그건 그래요."

클레앙트가 고개를 끄덕였다.

프로진이 계속했다.

"아버지 성격 잘 알잖아요? 자기가 퇴짜 맞은 걸 알면 앙심을 품으실 거예요. 도련님의 결혼을 승낙해주실 리 없죠. 아버지 스스로 퇴짜를 놓게 해야 해요. 무슨 수를 쓰더라도 아버지가 아가씨에게 정나미 떨어지게 해야 하는데……."

"옳은 말이야. 무슨 방법이 없겠어요?"

"이런 건 어떨까요? 제가 믿을 만한 여자 한 명을 찾아서 귀족 부인으로 둔갑시키는 거예요. 아버지께는 그 여자가 아주 큰 부자라고, 전 재산을 아버지께 드릴 정도로 아버지를 사랑한다고 믿게 만드는 거지요. 전 그렇게 만들 자신이 있어요. 아버지는 아가씨를 무척 사랑하시지만 돈을 더 사랑하시거든요. 일단 아버지가 우리 속임수에 넘어가서 아가씨와의 결혼을 없던 일로 만들어버리면, 나중에 들통이 나도 아무 문제없을 거예요."

"그거 참 좋은 생각인데……."

"제게 맡겨주세요. 마침 그 일에 딱 맞는 친구가 하나 생각났어요."

"프로진, 이 일만 성사시켜주면 보답은 확실하게 해줄게요. 자, 마리안 우선 당신 어머니 마음부터 움직여봅시다. 당신도 모든 노력을 다 해봐요. 어머님이 당신을 사랑하신다는 걸 이용해봐요."

"제가 할 수 있는 건 무엇이든 다 할게요."

클레앙트는 마리안의 손에 입을 맞추었다.

그때 마침 정원으로 아르파공이 오고 있었다. 그는 클레앙트가 마리안의 손에 입을 맞추는 모습을 먼발치에서 보았다.

'어, 저놈 봐라!'

그는 속으로 중얼대며 한번 시험해봐야겠다고 마음먹었다.

그들 가까이로 온 아르파공은 마리안에게 말했다.

"자, 마리안. 마차가 준비되었소. 당신이 직접 프로진과 함께 장을 봐 오면 좋겠소. 살림 솜씨를 발휘해야 하니까. 바로 떠나도록 해요."

마리안과 프로진이 정원을 떠나자 엘리즈도 슬쩍 자리를 떴고 그곳에는 아르파공과 클레앙트만 남았다. 아르파공이 클레앙트에게 물었다.

"아들아, 솔직히 말해봐라. 네 새어머니가 아니라 그냥 여자로서 저 사람을 어떻게 생각하니?"

"무슨 말씀이세요?"

"태도, 몸매, 미모, 머리 등이 어떠냐 이 말이야."

"그저 그렇죠, 뭐."

"뭐? 그저 그래?"

"솔직하게 말씀드리면 생각했던 만큼은 아닙니다. 멋이나 부리고, 몸매도 부자연스럽고, 머리도 별로 좋은 것 같지 않던데요. 하지만 어차피 새어머니를 맞아들여야 한다면 누구든 상관없습니다."

"그런데, 너 조금 전에 그 사람 손에……."

"아버지 대신 찬사를 드린 거지요. 아버지 마음에 들기 위해 그런 거예요."

"그러니까 너는 그 사람에게 조금도 마음이 끌리지 않는다는 거지?"

"제가요? 원 아버지도 무슨 말씀을……. 새어머니가 되실 분한테 마음이 끌리다니요."

"거참, 안됐구나. 이걸 어쩐다? 저 사람과 결혼을 하려고 마음먹긴 했지. 그런데 아무래도 내 나이 생각이 자꾸 나더구나. 이 나이에 젊은 여자하고 결혼하면 남들이 뭐라고 하겠니? 그래서 그만둘까 하는 생각을 방금 하게 되었단다. 하지만 결혼하자며 여기까지 오게 한 저 여자는 어떻게 하니? 그냥 돌려보내기보다는 너와 맺어주는 게 낫다고 생각했는데……. 물론 네가 저 사람을 싫어하지 않아야 하는 거지. 그런데 네가 싫다니."

"저하고 결혼시킬 생각을 하셨다고요?"

"그럼."

"정말이세요?"

"물론이지."

"아버지, 그녀가 딱히 제 취향이 아닌 건 사실이지만, 아버지 마음에 들기 위해서라면 결혼할 수도 있습니다."

"아니야, 애정 없는 결혼은 행복할 수 없어."

"아버지, 애정은 나중에 생길 수도 있는 겁니다. 사랑의 결실로 결혼하는 게 보통이지만 결혼의 결실로 사랑을 얻는 경우가 얼마나 많은데요."

"아니야, 굳이 그런 모험을 할 필요는 없어. 네가 그 여자를 좋게 보았다면 정말로 너와 결혼시키려 했는데……. 그런데 사정이 그렇지 않으니 원래 계획대로 하는 수밖에. 내가 그 여자와 결혼하겠다."

클레앙트는 속이 탔다. 왜 그녀가 좋다고 미리 말하지 않았던가, 가슴을 쳤다. 아버지가 말을 끝내자 그가 다급히 말했다.

"좋아요, 아버지. 일이 이렇게 되었으니 다 고백하겠습니다. 사실 저는 그녀를 사랑하고 있었습니다. 그녀와 결혼하겠다고 아버지께 간청하려 했었습니다. 그런데 아버지가 먼저 결혼 계획을 말씀하시는 바람에 가만히 있었던 겁니다."

그러자 아르파공이 아주 점잖게 아들에게 물었다.

"그녀를 찾아간 적이 있소이까?"

"네, 아버지."

"여러 번이오?"

"만난 기간에 비한다면 많이 간 셈이지요."

"대접은 잘 받았소?"

"아주 잘 받았지요. 그런데 제가 아버지 아들이란 건 몰랐기에 조금 전 마리안이 놀란 거지요."

"마리안에게 고백하고 결혼하겠다는 의사를 밝혔소?"

"그럼요. 마리안도 저에게 호감을 갖고 있다고 자신 있게 말씀드릴 수 있어요."

아르파공은 고개를 돌리고 묘한 표정을 지었다.

'듣고 싶던 걸 들어서 다행이군.'

그는 다시 아들을 향해 말했다.

"자, 우리 아드님, 이제 상황을 좀 똑똑히 보세요. 부디 그대의 사랑을 포기하셔야겠어요. 내가 결혼하려는 사람을 더 이상 쫓아다니지 말고 내가 정해주는 사람하고 결혼하라 이 말이외다."

"아버지, 정말 이렇게 저를 갖고 노실 수 있어요? 좋아요. 일이 기왕 이렇게 되었으니 마리안을 향한 제 사랑을 절대로 포기하지 않겠다고 아버지께 선언합니다. 마리안을 차지하기 위해서라면 무슨 방법을 써서라도 아버지와 싸울 겁니다."

"뭐라고, 이 목매달아 죽일 놈! 감히 내 걸 넘봐!"

"아버지가 제 것을 넘보시는 겁니다. 제가 먼저니까요."

"이놈아, 아비도 몰라보는 거야? 아비를 공경해야 한다는 걸 몰라?"

"이건 달라요. 사랑 앞에서는 아무도 보이지 않는 법입니다."

"그럼 몽둥이로 나를 잘 볼 수 있게 해주마."

"아무리 위협해도 소용없습니다."

"포기하지 못해?"

"절대 안 됩니다."

"거기 누구 없느냐? 어서 몽둥이 가져와!"

아르파공은 고래고래 고함을 질렀다.

그러자 자크 영감이 곧바로 달려왔다.

"나리들 이게 무슨 일이십니까? 어쩌시려고요?"

"그래 봤자 눈 하나 깜짝 안 합니다. 절대로 양보 못 합니다!"

클레앙트는 버텼다.

"그게 아비한테 할 짓거리냐? 이놈 본때를 보여주마!"

아르파공은 길길이 날뛰었다.

자크 영감이 진정하라며 붙잡자 겨우 마음을 가라앉힌 아르파공이 말했다.

"자크 영감. 자네에게 이 사건을 심판하라고 맡기고 싶네."

자크 영감은 그러겠다고 말한 후 우선 아버지 말씀부터 들어보자며 클레앙트에게 물러서라고 했다. 클레앙트가 멀찍이 물러서자 아르파공이 자크 영감에게 말했다.

"내가 한 처녀를 좋아해서 결혼하려 하네. 그런데 저 망할 녀석이 자기도 그 여자를 좋아한다며 자기가 결혼하겠다고 버티니, 이게 될 말인가?"

"아, 아드님이 잘못했군요."

"아들 녀석이 제 아비하고 경쟁한다는 게 말이나 되는가?"

"지당하신 말씀입니다. 제가 아드님께 잘 말해보지요. 자, 여기 가만히 계세요."

자크 영감이 이번에는 클레앙트에게로 갔다. 그러자 클레앙트가 말했다.

"좋아, 영감이 잘 듣고 판단해줘. 나는 한 젊은 여자와 사랑에 빠졌어. 그 여자도 나를 사랑하고 둘이 맹세까지 했어. 그런데 아버지가 그 여자와 결혼하겠다며 아들의 사랑 사이에 끼어들었단 말일세. 이게 말이나 되는 일인가?"

"그건 아버지가 잘못하신 거네요."

"그 연세에 결혼을 생각하시다니! 정말 부끄러운 짓 아닌가? 그건 젊은이들에게나 어울리는 일 아닌가? 더욱이 아들이 사랑하는 여자와 결혼하려 하다니!"

자크 영감은 지당한 말씀이라고 맞장구를 친 후 다시 아르파공에게 갔다.

"나리, 아드님은 나리가 생각하시듯이 그렇게 이상한 분이 아니네요. 좀 울컥하는 바람에 흥분했을 뿐이랍니다. 자기를 조금 더 잘 대해주시고 좋은 혼처를 마련해주시면 이번 일은 양보하겠답니다."

"진작 그럴 일이지. 영감, 아들에게 말해줘. 마리안만 아니라면 어떤 여자를 데려와도 좋다고 말이야."

자크 영감은 기다리라고 말한 후 클레앙트에게 갔다.

"도련님, 아버지는 도련님 생각하시는 것만큼 사리 분별이 없는 분이 아니세요. 흥분해서 화가 난 거라고 하시는데요. 도련님의 태도가 문제랍니다. 아버지께 좀 더 공손하면 도련님이 원하는 대로 해주시겠답니다."

자크 영감은 양쪽을 오가며 둘 다 만족해할 만한 이야기들을 꾸며서 해주었다. 그러고는 이만 물러가겠다며 냉큼 사라져버렸다.

자크 영감이 사라지자 클레앙트가 아르파공 앞으로 다가와 말했다.

"아버지, 제가 좀 흥분했던 것 같습니다. 제 태도를 용서해 주십시오."

"그런 건 아무래도 좋다. 별것 아니다."

"저는 무척 후회하고 있습니다."

"괜찮다. 네가 지금이라도 이렇게 분별력을 찾아줘서 고맙구나."

"아버지, 아버지는 정말 너그러운 분이세요. 죽어서라도 아버지 은혜는 잊을 수 없을 것입니다."

"그래, 네가 그렇게 나오면 내가 네게 주지 못할 게 뭐가 있겠니?"

“아버지, 더 이상은 필요 없습니다. 제게 마리안을 주신 것만으로 충분합니다.”

“뭐야? 누구를 준다고? 내가 언제?”

“아버지께서 그러셨잖아요.”

“마리안을 포기한다고 한 건 너야.”

“제가요? 제가 마리안을 포기한다고요? 저는 어느 때보다 그녀와 결혼하고 싶은 마음이 간절한데요.”

“뭐야, 아직도? 이놈, 어디 오늘 내 손에 죽어봐라!”

“맘대로 하세요.”

“넌 이제 내 아들이 아니다!”

“언제는 아들 대접을 해주셨나요?”

“네놈한테는 유산도 물려주지 않을 거야!”

“상관없어요. 마음대로 하세요.”

“이놈! 내 저주나 실컷 받아라!”

“아버지가 주시는 건 뭐든 필요 없어요. 아무것도 안 받을 거예요.”

클레앙트는 휙 몸을 돌려 밖으로 나가버렸다. 그러자 그의 뒤를 하인 라플래슈가 허겁지겁 따라와 고했다. 손에는 작은 상자를 들고 있었다.

"아! 도련님, 마침 잘 만났어요. 빨리 저를 따라오세요."

"무슨 일인데?"

"아주 잘됐습니다. 도련님이 필요로 하시던 걸 제가 손에 넣었거든요."

그러면서 그는 작은 상자를 보여주었다. 아르파공이 몰래 숨겨두었던 돈 상자였다. 그는 온종일 틈을 노리다가 그것을 손에 넣은 것이다. 라플래슈는 어리둥절해하는 클레앙트의 손을 잡아끌었다.

여느 때와 마찬가지로 숨겨놓은 보물 상자가 잘 있나 살펴보러 갔던 아르파공은 그만 까무러칠 듯이 놀랐다. 돈 상자가 없어지다니! 목숨보다 소중한 것이 없어지다니! 그는 정원에서 뛰쳐나오며 목청이 터져라 외쳤다.

"도둑이야, 도둑이야! 사람 살려! 살인자야! 아이고 죽겠네! 오, 하늘이시여! 나는 망했어, 나는 죽었어, 내 목을 땄어! 내 돈을 훔쳐갔다고! 아이고, 도대체 누가! 정신이 하나도 없네. 아 불쌍한 내 돈! 내 다정한 친구, 내게서 너를 앗아갔어!

너 없이는 살 수 없는데! 이제 모든 게 끝장이야! 세상 사는 낙이 없어졌어. 난 죽는다. 아니 이미 죽어 땅에 묻혔다. 누구 날 살려줄 사람 없소? 그 돈을 돌려줄 사람 없소? 어디 있는지 말해줄 사람 없소?"

그는 밖으로 뛰쳐나갔다.

"나가자. 정의를 구하기 위해 나가자! 하인, 하녀, 아들, 딸 모두 다그쳐서 자백을 받아내야겠다. 아, 웬 사람들이 이렇게 많아? 다 의심스러워. 다 내 돈 훔쳐간 놈 같아. 무슨 얘기들을 하고 있는 거야? 내 돈 훔쳐간 이야기를 하고 있는 건가? 그래 틀림없어. 그러니까 저렇게 나를 보며 웃고들 있지. 이 못된 놈들, 남의 모진 불행을 함께 아파하기는커녕 고소해하는 놈들! 이놈들이 다 공모했을 거야. 빨리 교수대랑 사형 집행인을 대령해! 몽땅 목매달아버리게. 내 돈을 못 찾으면 전부 목매달아 죽이고 나도 스스로 목을 맬 거야!"

5

아르파공은 정신이 좀 들자 경찰에 신고했다. 그러자 수사관이 아르파공의 집으로 왔다. 수사관은 돈을 확실히 찾아주겠다고 큰소리를 쳤다.

"자, 그 상자 안에 뭐가 들어 있다고 하셨죠?"

"정확히 5만 프랑이오. 순전히 금화들로."

"5만 프랑이라고요? 대단히 큰 도난 사건이군요."

수사관은 우선 자크 영감을 신문했다.

"이봐, 아무것도 감추지 말고 내게 다 털어놓게. 오늘 누군가가 자네 주인 돈을 훔쳤다네. 자네가 이 사건에 대해 아무것도 모른다고는 않겠지?"

자크 영감은 평소 아니꼽게 여겼던 집사 발레르에게 복수할 좋은 기회라고 생각하고는 냉큼 대답했다.

"제가 이렇게 고자질을 해도 되는지……. 나리께서 사실대로 털어놓으라고 하시니……. 제 생각에는 아무래도 집사가 한 짓 같습니다."

아르파공이 되물었다.

"발레르?"

"네."

"그럴 리가. 그 친구가 얼마나 충직한데……."

"아닙니다. 정말 그자가 한 짓입니다."

"뭘 보고?"

"저는 그냥…… 그냥, 제 생각입니다."

그러자 아르파공이 다시 물었다.

"자네, 그 친구가 돈이 있던 곳 근처를 서성이는 걸 본 적이 있나?"

"네, 맞아요. 수상했어요. 그런데 돈이 어디 있었는데요?"

"정원에."

"맞아요. 바로 거깁니다. 그 녀석이 정원을 어슬렁거리는 걸 제가 봤어요. 근데 돈이 어디 담겨 있었는데요?"

"조그만 상자 속에"

"그렇다면 틀림없어요. 그 녀석이 작은 상자를 가지고 있는 걸 분명히 봤어요."

아르파공의 얼굴이 밝아졌다.

"그래? 그러면 그 상자가 어떻게 생겼지? 분명히 내 돈 상자였나?"

"어떻게 생겼냐고요? 그러니까 그냥 상자지요, 뭐."

"무슨 색이었어?"

"글쎄요. 무슨 색이냐 하면……. 글쎄 색이 있긴 했는데……. 힌트 좀 없어요?"

"뭐야?"

"빨간색 아닌가요?"

"아니야, 회색이야."

"맞아요, 맞아. 적회색이라고 말하려 했는데 그만 빨간색이라는 말이 나와버린 거예요."

그러자 아르파공이 수사관에게 말했다.

"의심할 여지가 없소. 틀림없이 자크 영감이 말한 바로 그 상자요. 아이고, 그놈이 내 돈을 훔치다니 도대체 누굴 믿고 살아야 하나!"

수사관은 발레르를 불러오게 했다. 발레르는 영문도 모르는 채 그들 앞에 불려 왔다. 그를 보자마자 아르파공이 호통을 쳤다.

"이, 천하에 흉악하고 악랄한 범죄자야! 어서 이실직고해!"

발레르가 눈을 동그랗게 뜨고 물었다.

"도대체 무슨 말씀을 하시는 건가요?"

"이놈 보게. 죄를 짓고도 얼굴색 하나 안 변하네."

"도대체 제가 무슨 죄를 지었다고 이러시는 겁니까?"

"이런 고얀 놈! 무슨 죄냐고? 그렇게 감추려고 해도 소용없어. 네가 저지른 짓이 다 드러난 마당에……. 내 집에 몰래 들어와 이따위 짓을 하다니! 나를 배반하다니!"

그러자 발레르가 체념한 듯 고개를 떨구었다.

"나리, 다 아시게 되었다니 더 이상 둘러대지도 부인하지도 않겠습니다."

이번엔 아르파공이 놀랐다.

'이렇게 순순히 자백하다니! 그냥 넘겨짚은 건데 제대로 맞

힌 거였어.'

발레르가 계속 말했다.

"사실 나리께 언젠가 말씀드릴 생각이었습니다. 다만 적당한 때를 보느라……. 그렇지만 기왕 이렇게 된 거, 노여워 말고 제 말씀을 들어주십시오."

"이 비열한 도둑놈아, 도둑질을 한 놈이 무슨 할 말이 있다는 거냐?"

"그것도 도둑질이라면 도둑질이지요. 하지만 그렇게 나쁜 일이라고는 생각하지 않습니다."

"뭐야? 나쁜 일이 아냐? 내 피와 살을 도둑질했는데 나쁜 일이 아냐?"

"그 피붙이가 그다지 나쁜 사람에게 간 게 아니니 안심하셔도 됩니다."

"아니, 점점 더. 도둑질해 간 놈이 나쁜 놈이 아니야? 도대체 네게 이런 짓을 시킨 게 누구냐?"

"그걸 꼭 물어봐야 아시겠습니까? 바로 사랑의 신이지요."

"뭐, 사랑? 사랑은 무슨 얼어 죽을 사랑! 그래 내 금화에 사랑을 바쳤단 말이지?"

"금화라니요? 나리, 저는 나리의 재산에 혹한 게 아닙니다. 돈에 제 눈이 먼 것도 아니고요. 제가 지금 갖고 있는 것만 제게 주시면 저는 나리의 재산은 필요 없습니다."

"이놈, 그 귀한 보물을 도둑질해 가고도 돈에 눈이 먼 게 아니라고?"

"보물이지요. 맞습니다. 나리가 갖고 계신 것 중 가장 고귀한 보물입니다. 제발 그 매혹적인 보물을 제게 주십시오. 이렇게 무릎 꿇고 빕니다. 우리는 서로 맹세를 했습니다. 결코 서로를 포기하지 않기로 서약을 했습니다."

"엥, 이게 무슨 소리야? 돈이 너하고 서약을 해? 너 정말 내 돈에 환장했구나. 암튼 사법 당국이 모든 것을 밝혀줄 거다. 이 악당 놈."

"좋으실 대로 하십시오. 무슨 처분을 내리시건 다 감당할 각오가 되어 있습니다. 그렇지만 최소한 이것만은 믿어주십시오. 따님은 아무 잘못이 없습니다. 잘못이 있다면 오로지 제게 있습니다."

"나도 정말 그렇게 생각한다. 내 딸이 이런 범죄 행위에 가담했을 리는 없으니까. 자, 내 것이나 돌려줘. 어디다 두었는지 자백해라."

"제가 훔쳐 달아난 건 아닙니다. 그 보물은 아직 집 안에 있습니다."

"뭐, 아직 집 안에 있다고? 너 거기 손대진 않았지?"

"제가 손을 대요? 우리를 어떻게 보시는 겁니까? 저는 정말 순수한 열정으로 그 보물을 아끼고 사랑합니다."

"세상에, 나보다 더 돈을 숭배하는 놈이 나왔네. 그래, 그 보물 어디 있어?"

"정말 손대지 않은 채 순결하게 있습니다. 저는 조금도 무례한 생각을 품어본 적이 없습니다. 너무 정숙하고 조신해서 그럴 수도 없습니다."

"내 돈 상자가 정숙하다고!"

"저는 그저 바라보는 것으로 족했습니다. 그 아름다운 눈을 보고 어디 사악한 생각을 품을 수 있겠습니까?"

"내 돈 상자의 눈이 예뻐? 아니, 이놈은 내 돈 상자를 제 애인 얘기하듯 하네."

"나리, 우리 사랑의 증인도 있습니다. 클로드 어멈이 우리 사랑의 언약에 증인이 되어주었습니다. 제 사랑이 순수한 것을 확인하고 따님을 설득하여 우리가 사랑의 맹세를 할 수 있게 해주었습니다."

아르파공이 고개를 갸우뚱하면 속으로 혼잣말을 했다.

'아니, 이놈이 지금 무슨 소리를 하고 있는 거야. 법의 심판이 두려워 횡설수설하는 건가? 왜 내 딸 이야기를 끄집어내서 헷갈리게 하는 거야?'

"나리, 사실 너무 수줍어하는 바람에 제 사랑을 고백하고 받아들이게 하는 데 너무 힘이 들었습니다."

"수줍어하다니? 누가? 돈 상자가?"

"따님 말씀입니다. 어제가 돼서야 겨우 결혼 서약에 서명하겠다고 결심했습니다."

"뭐야? 내 딸이 너하고 결혼 서약에 서명했다고? 하인 놈하고 결혼을 약속했다고?"

"네, 둘이 함께 서약하고 서명했습니다."

아르파공이 크게 탄식하며 말했다.

"오 하늘이시여! 이 무슨 집안 망신이란 말인가! 정말 엎친 데 덮친 격이로군. 자, 수사관 양반 어서 일을 처리해주시오. 이놈을 절도범과 색마로 구속해주시오."

그러자 발레르가 벌컥 화를 내며 말했다.

"너무 지나친 말을 하십니다. 제가 어떤 사람인지 아시게 된다면……."

그가 말을 마치기도 전에 엘리즈와 마리안이 프로진과 함께 그곳으로 왔다. 집에 소동이 났다는 소식을 듣고 황급히 달려온 것이다.

아르파공이 엘리즈를 보자마자 호통을 쳤다.

"이 못된 것! 나 같은 아비에게서 너 같은 딸이 나오다니! 이런 비열한 도둑놈하고 사랑에 빠지다니! 내 허락도 없이 결혼 서약을 하다니! 너희 둘 다 꿈 깨라. 저놈은 교수대로 가고 너는 수녀원에 갇힐 거다."

그러자 발레르가 말했다.

"그렇게 홧김에 일을 처리하시면 안 됩니다. 제 말을 좀 들어보십시오."

"그래, 내가 말이 헛나갔다. 너 같은 놈은 교수대가 아니라 산 채로 바퀴에 매달아 찢어 죽여야 해."

그러자 엘리즈가 아버지 앞에 무릎을 꿇고 말했다.

"아버지, 홧김에 일을 처리하시면 안 돼요. 아버지, 제가 물에 빠져 죽을 뻔한 걸 구해준 사람이 바로 이 사람이잖아요. 이 사람이 아니었으면 아버지는 저를 잃으셨을 거예요."

"이놈과 네가 한 짓을 보니 차라리 네가 물에 빠져 죽는 게 더 나았다."

그때였다. 누군가가 그들이 모여 있는 곳으로 오고 있었다. 아르파공이 엘리즈를 시집보내려던 앙셀므였다. 그는 엘리즈와 결혼 서약을 맺기 위해 약속대로 온 참이었다.

앙셀므가 흥분한 아르파공을 보고 말했다.

"아르파공 씨, 무슨 일입니까? 무척 흥분하셨군요."

"아! 앙셀므 씨, 보시다시피 내가 큰 불행에 빠졌습니다. 게다가 당신과 한 약속에도 큰 차질이 생겼습니다."

그는 발레르를 손가락으로 가리키며 말했다.

"이 흉악한 놈이 하인의 탈을 쓰고 내 집에 들어와 내 돈을 훔친 것도 모자라 내 딸까지 유혹했습니다."

그러자 발레르가 앞으로 나서서 말했다.

"자꾸 돈 얘기를 하시는데, 무슨 말씀이신가요? 누가 나리 돈에 신경이나 쓴답디까?"

아르파공이 입에 거품을 물고 다시 말했다.

"이 두 연놈이 자기들끼리 결혼 약속을 했다니까요. 당신을 모욕했다 이겁니다. 이놈을 법의 심판대에 올려야 합니다."

그러자 앙셀므가 말했다.

"정말 그렇습니까? 그렇다면 저는 당신의 딸을 강제로 내게 시집오라고 할 생각이 없습니다. 다른 사람에게 주어버린 마음을 내 것이라고 주장하고 싶은 생각도 없고요."

아르파공이 이번에는 수사관을 가리키며 말했다.

"아 수사관 양반, 제발 성실하게 수사해주길 바라오. 자, 이놈을 고발해서 흉악한 범죄자로 다루어주시오."

발레르가 말했다.

"제가 따님을 사랑하는 게 무슨 죄가 된다는 건지 정말 모르겠네요. 제가 약혼했다는 이유로 벌을 받는다고요? 더구나 제가 누군지 아시고 나면……."

"네놈이 내가 부리는 하인이 아니고 뭐란 말이냐? 그따위 이야기는 내 알 바 아니야. 기껏해야 남의 신분으로 위장한 사기꾼이겠지."

그러자 발레르가 말했다.

“제가 남의 신분이나 도둑질한다고요? 저같이 고결한 사람이? 나폴리 전체가 제 신분을 보증할 수 있습니다.”

발레르의 입에서 나폴리라는 도시 이름이 나오자 앙셀므가 앞으로 나섰다.

“자네, 입조심해야 할 걸세. 나폴리 전체가 자네 신분을 보증한다고? 자네 앞에 있는 이 사람은 나폴리 일이라면 손바닥 보듯이 훤한 사람이라네. 거짓말하다가는 금방 들통이 날 걸세.”

그러자 발레르가 당당하게 모자를 쓰고 앞으로 나섰다.

“저는 아무것도 두려워할 게 없습니다. 나리께서 나폴리를 잘 아신다니, 동 토마 달뷔르시 씨가 누구인지는 익히 아시겠지요?”

발레르 입에서 동 토마 달뷔르시라는 이름이 나오자 앙셀므가 흠칫 놀랐다.

“잘 알지. 아마 나보다 더 잘 아는 사람은 없을 걸세. 어디 계속 이야기해보게나.”

아르파공이 중얼거렸다.

“동 어쩌고저쩌고, 그게 어쨌다는 거야? 무슨 헛소리를 하는 거야."

앙셀므가 그에게 가만있으라고 손짓을 하자 발레르가 이야기를 계속했다.

"사실은 그분이 제 아버지십니다."

앙셀므가 흠칫 놀라며 물었다.

"그 사람이 자네 아버지? 자네 농담하나? 사기 치려는 건 아니지?"

"사기라니요? 제가 증명할 수도 있습니다."

"정말 무모한 친구로군. 하필이면 동 토마 달뷔르시 씨 아들 행세를 하려 하다니. 사기를 치려거든 제대로 치게. 16년 전에 나폴리에 폭동이 있었고 많은 귀족 가문이 망명했다는 걸 자네는 아나? 동 토마 달뷔르시 씨는 그때 가족을 지키려다 아내를 비롯해 온 가족이 바다에 빠져 죽었다는 걸 아느냐고? 살아남은 사람이 하나도 없었는데 자네가 그 사람 아들이라고?"

"그렇습니다. 그분 아들은 일곱 살이었는데 하인 한 명과 함께 스페인 선박에 구출되었습니다. 제가 바로 그 아들이고요. 그 배의 선장이 저를 불쌍하게 여겨 친자식처럼 키워주었습니다. 저는 나이가 차자마자 군대에 들어가 근무했습니다. 그런데 얼마 전에야 돌아가신 줄 알고 있던 아버지가 살아 계시다는 소식을 들었습니다. 저는 아버지를 찾아 길을 떠났지요. 그리고 이곳을 지나다가 하느님 도움으로 아름다운 엘리즈를 만나게 되었습니다. 저는 그녀의 아름다움에 사로잡혀 이 집 집사로 들어오게 된 것입니다. 아버지를 찾는 일은 다른 사람에게 맡겼습니다."

앙셀므가 "으흠" 하고 신음 소리를 내더니 다시 발레르에게 말했다.

"자네 말이 꾸며낸 게 아니라고 어떻게 증명할 수 있지?"

"증인과 증거가 얼마든지 있습니다. 저를 구해준 스페인 선장, 아버지가 가지고 계시던 루비 인장, 어머니가 제 팔에 끼워주신 팔찌가 증인이고 증거입니다. 또 있습니다. 저와 함께 난파선을 탈출한 페드로 영감입니다."

순간 놀라운 일이 벌어졌다. 발레르의 말을 듣고 있던 마리안이 눈물을 흘리며 앞으로 나선 것이다.

"당신 말이 거짓이 아니라는 건 저도 증명할 수 있어요. 당신은 바로 제 오빠예요."

"당신이 내 누이동생?"

"그래요. 오빠가 입을 연 그 순간부터 제 가슴은 떨리기 시작했어요. 어머니도 오빠를 보면 무척 기뻐하실 텐데. 어머니에게서 모든 이야기를 들었어요. 하느님의 도움으로 우리도 그 비극의 현장에서 살아날 수 있었어요. 그렇지만 생명을 얻은 대신 자유를 잃어야 했어요. 저와 어머니를 구해준 건 노예선이었어요. 우리는 10년간 노예 생활을 하다가 겨우 자유를 얻었지요. 우리는 고향 나폴리로 갔지만 반겨주는 사람이 하나도 없어 고생만 했어요. 그러다가 이곳으로 오게 된 거예요. 어머니는 너무 큰 고통 속에 지내셨어요. 저를 저분과 결혼시키려 한 것도 어머니 고통이 너무 심하셨기 때문이에요."

그런데 더 놀라운 일이 벌어졌다. 앙셀므가 기쁨의 탄성을 지르며 이렇게 말한 것이다.

"오, 하늘이시여! 당신의 권능은 실로 어마어마하시군요. 정녕 기적을 이루시다니요. 내 아이들아, 나를 안아다오. 너희 둘이 만나게 된 그 기쁨을 이 아버지도 함께 나누자꾸나."

그러자 발레르가 눈이 휘둥그레지며 말했다.

"당신이 우리 아버지라고요?"

마리안도 말했다.

"어머니가 늘 애도하시던 분이 바로 당신이라고요?"

"그렇단다. 내 딸아, 내 아들아. 내가 동 토마 달뷔르시다. 나는 그 배에 실린 돈을 하나도 잃지 않고 구조되었단다. 다 하늘의 도움이었지. 나는 16년 동안 너희가 모두 죽은 줄 알았다. 그래서 이제는 착하고 사랑스러운 여자와 결혼해서 새 가정을 꾸리려 했다. 새 가정에서 위안을 얻으려 했어. 살아생전 나폴리로 돌아가는 걸 포기하고 거기 있던 내 재산을 팔아 앙셀므란 이름으로 파리에 정착한 거란다. 내게 너무나 큰 시련을 준 그 이름을 더 이상 쓰기가 괴로워서 그랬단다."

그러자 아르파공이 발레르를 가리키며 말했다.

"그렇다면 이 사람이 당신 아들이란 말입니까?"

앙셀므가 그렇다고 대답하자 아르파공이 말했다.

"그럼 이 사람이 내게서 훔쳐간 5만 프랑을 당신이 대신 갚아주어야겠소."

"애가 당신 돈을 훔쳤습니까?"

"그렇소."

"누가 그런 말을 합디까?"

아르파공은 손가락으로 자크 영감을 가리켰다. 그러자 자크 영감이 꽁무니를 뺐다.

"보시다시피 전 아무 말도 안 했고 안 할 겁니다."

그 순간 곁에 있던 발레르가 나섰다. 그는 자크 영감을 노려보며 말했다.

"이 비겁한 영감! 아무리 내가 미워도 그런 모함을!"

이어서 그는 모두를 돌아보며 말했다.

"모두 저를 똑바로 보십시오. 제가 그런 비열한 짓을 할 사람처럼 보입니까?"

그때였다. 밖으로 나갔던 클레앙트가 그 자리에 나타났다. 그는 그 대화를 이미 듣고 있었다. 그가 아르파공에게 말했다.

"아버지, 걱정하지 마십시오. 그리고 생사람 잡지 마십시오. 아버지, 저랑 약속 하나 하시겠습니까? 제가 돈을 찾아드리면 저와 마리안의 결혼에 동의해주시겠습니까?"

아르파공이 귀가 솔깃해서 물었다.

"돈이 어디 있는데?"

"걱정 마세요. 안전한 곳에 있습니다. 자, 결정하세요. 마리안을 저에게 주시겠어요, 아니면 돈 상자를 잃어버리시겠어요? 아버지에게 달려 있습니다."

"한 푼도 축나지 않았지?"

"그럼요. 마리안의 어머니께서는 이미 모든 걸 마리안 뜻대로 하겠다고 하셨어요. 아버지만 동의하시면 됩니다."

그러자 앙셀므가 나섰다.

"나도 이 아이들의 아버지로서 한마디 하겠소. 당신도 양보하시오. 나랑 같이 이 두 쌍의 결혼을 승낙합시다."

그러자 아르파공이 말했다.

"내게 이러쿵저러쿵 충고하려거든 우선 돈 상자부터 보여주시구려."

클레앙트가 걱정 말라고 재차 말하자 아르파공이 마지막으로 앙셀므에게 다짐했다.

"난 이 애들한테 줄 돈이 하나도 없소. 결혼식 비용도 댁이 다 부담하시겠소?"

앙셀므가 고개를 끄덕이자 아르파공이 더 욕심을 냈다.

"좋습니다. 하지만 조건이 있소. 내일 결혼식 피로연에 입을 옷을 한 벌 해주시오."

앙셀므는 알겠다고 선선히 승낙했다. 그런 후 그는 이 기쁨을 어서 어머니에게 전하자며 아들과 딸을 데리고 서둘러 밖으로 나갔다.

그 자리에 남은 아르파공이 클레앙트에게 말했다.

"애야, 나는 내 소중한 돈 상자를 보러 가야겠다. 빨리 거기로 가자."

『아내들의 학교 · 수전노』를 찾아서

아마 여러분 중 많은 사람이 TV의 코미디 프로그램을 즐겨 볼 것이다. 나도 그런 사람 중 한 명이다. 어렸을 때부터 지금까지 좋아한다.

우리는 왜 코미디 프로그램을 즐겨 볼까? 답은 간단하다. 재미있기 때문이다. 우리를 웃게 만들기 때문이다. 그 이상의 이유가 있을 리 없다. 평소 복잡하던 머리를 잠시 쉬게 하면서 가벼운 웃음의 세계로 빠져들게 만들기 때문이다.

그렇다. 코미디는 무엇보다 가볍다. 가볍기 때문에 자유롭다. 그래서 엄숙하고 진지한 사람들은 코미디를 잘 보지 않는다. 엄숙하고 진지하고 무거운 것들을 가벼운 웃음거리로 만

들어버리는 것에 화를 내기도 한다. 도무지 권위가 서지 않게 만들어버리는 것에 화를 내기도 한다. 혹시 권위적인 부모님을 둔 사람이라면 함께 코미디 프로그램을 볼 기회를 만들어보자. 그리고 함께 웃어보자. 단번에 거리가 좁혀지고 친해질 수 있을 것이다.

몰리에르는 17세기 프랑스가 자랑하는 대표적인 고전주의 작가 중 한 사람이다. 우리가 코르네유와 라신을 읽으면서 확인했듯이 17세기의 프랑스 엄격하고 진지한 시대였다. 규칙을 더없이 존중하던 시대였다. 오죽하면 예술 작품, 특히 희곡에도 엄격한 규칙이 있었을까? 그 엄숙한 시대에 몰리에르는 희극, 그러니까 코미디로 거장이 되었다. 그가 선사하는 웃음에는 사람들의 마음을 깊게 울리는 그 무엇인가가 있었기 때문이다.

가만히 생각해보자. 겉보기에 아주 근엄한 사람이 있다고 치자. 언제나 대단히 진지하고 중요한 일을 생각하는 것처럼 보이려고 애쓴다. 그러나 그 근엄한 겉모습은 사실 자기 속마음을 감추기 위한 위장에 불과할 수도 있음을 우리는 안다. 그 속을 뒤집어 보여주었을 때 우리는 통쾌해진다. 그 진지한 태도, 그 엄숙한 표정 뒤에 우리와 조금도 다르지 않은 욕망, 약점들이 있는 것을 알고 실컷 웃는다. 그런 뒤 마음이 가벼워지고 자유로워진다.

몰리에르의 작품은 그렇게 독자와 관객을 실컷 웃게 만든다. 하지만 웃고 난 뒤에 뭔가 여운이 남는다. 몰리에르의 작품이 그냥 한 번 웃고 넘어가는, 재미난 구경거리에 지나지 않는 것이라면 그가 고전주의 3대 작가 중 한 사람이라는 대접을 받을 리 없다. 그의 작품이 오늘날에도 끊임없이 사랑받을 리 없다.

몰리에르의 작품을 우리는 성격희극이라고 부른다. 성격희극이란 무슨 괴팍한 성격을 타고난 인물을 그린 희극이란 뜻이 아니다. 몰리에르가 등장인물을 통해 보여주는 성격은 아주 특별하거나 이상한 것이 아니라, 몰리에르가 살았던 시대 어느 특정 집단의 특징을 요약해 보여주는 것이다. 그들의 위엄과 권위 속에 숨어 있는 이기적 욕심, 추악한 욕망을 압축해 놓은 것이다. 몰리에르는 그의 작품을 통해 당시의 성직자, 귀족, 부르주아의 퇴폐적인 모습을 묘사하면서 가차 없이 비웃는다.

왜 그들이 비웃음의 대상이 될까? 답은 간단하다. 그들이 지닌 권위나 겉으로 드러난 위엄이 사실은 본연의 인간성을 억압하고 있기 때문이다. 그들이 겉으로는 건전한 상식과 미덕을 내세우지만 실은 진정한 양식과 미덕을 억압하고 있기 때문이다. 그러한 몰리에르 작품의 특징을 잘 보여주는 것이 바로 『아내들의 학교』다.

귀족인 아르놀프는 당시 사회 풍습에 대해 대단히 비판적이다. 특히 여자들이 남편 몰래 바람을 피우는 부도덕한 짓을 참아내지 못한다. 그는 자신만은 그런 풍습의 피해자가 되지 않겠다고 결심한다. 그래서 아녜스란 여자아이를 네 살 때부터 데려다 세상 물정 전혀 모르는 순진한 처녀로 키운다. 아녜스를 못돼 먹은 세상 풍습에서 격리된 순수한 인간으로 키우기 위해서다. 그런 순수한 여자를 자신의 아내로 맞이하기 위해서다.

하지만 그는 결국 아녜스에게 배반당한다. 왜? 그의 의도와는 달리 아녜스가 세상 물정을 다 알게 되어서일까? 결국에는 그 시대 보통 여자들과 다름없게 되어서일까? 아니다. 아녜스가 그의 의도대로 너무 순수하고 순진한 여자로 자랐기 때문이다. 아네스가 순진하고 순수하다는 것은 무엇을 말할까? 그녀의 자연스러운 본성이 훼손되지 않은 채 고스란히 간직되었다는 뜻이다. 그 자연스러운 본성 가운데 으뜸이 바로 사랑이다. 그녀는 오라스를 만나면서 자연스럽게 사랑에 눈뜬다. 너무나 순수한 그녀는 자신의 사랑에 대해 조금도 주저하지 않는다. 이것저것 세상 물정 아는 사람보다 사랑 앞에서 더 용감하다. 그녀는 순수함 그 자체고, 자연스러움 그 자체다. 아네스는 그 순수함과 자연스러움을 간직한 채 오라스와의 사랑을 통해 이 세상으로 나간다.

몰리에르가 그의 작품을 통해 옹호하는 것이 바로 그런 자연스러운 인간의 본성이다. 인간의 자발성과 자유다. 그리고 그 자유를 억압하는 모든 인습, 권위가 얼마나 위선적이고 그릇된 것인가를 통렬히 비판한다. 그가 사람들에게 선사하는 웃음은 바로 억압적 인습과 권위에 대한 웃음, 그것이다. 아르놀프는 사랑하는 남자와 함께 도망가려는 아네스를 향해 "빌어먹을! 그 녀석과 잘도 재잘대더군. 당신 아주 좋은 학교를 다녔나보지? 그 빌어먹을 학교가 단번에 그렇게 많은 걸 가르쳐주었단 말이지?"라고 말한다. 그 좋은 학교가 바로 자연이다.

몰리에르의 작품은 이처럼 모든 억압적인 권위를 비웃는다. 인간 사회에는 언제나 그런 권위가 존재한다. 그리고 인간의 자유로운 정신은 언제나 그런 권위를 비웃을 준비가 되어 있다. 17세기 프랑스 작가인 몰리에르의 작품이 지금까지 세상 사람들에게 사랑받고 감동을 주는 것은 그 때문이다.

억압적 권위만 그에게 비웃음의 대상이 되는 게 아니다. 그는 인간 내부에 들어 있는 과도한 욕망, 추한 욕망도 한껏 비웃는다. 『수전노』가 대표적인 예다. 인간 속에는 돈을 향한 욕망이 언제나 있다. 하지만 돈은 어디까지나 세상을 잘 살기 위한 수단이지 그 자체가 목적이 아니다. 살기 위해 돈을 버는 것이지 돈을 벌기 위해 사는 것이 아니다. 그런데 돈 그 자체가 목적인 사람이 무척 많다. 특히 물질주의가 판을 치는 요즈음에는 돈을 많이 벌어야 잘사는 것이라고 착각하는 사람들이 너무나 많다.

『수전노』의 아르파공이 바로 그런 인물이다. 그는 돈을 도둑맞자 이렇게 외치는 인물이다. "도둑이야, 도둑이야! 사람

살려! 살인자야! 아이고 죽겠네! 오, 하늘이시여! 나는 망했어, 나는 죽었어, 내 목을 땄어! 내 돈을 훔쳐갔다고! (……) 아, 불쌍한 내 돈! 내 다정한 친구, 내게서 너를 앗아갔어! 너 없이는 살아갈 수 없는데! 이제 모든 게 끝장이야! 세상 사는 낙이 없어졌어. 난 죽는다. 아니 이미 죽어 땅에 묻혔다." 그에게는 돈이 친구요 목숨이다. 세상 사는 즐거움 그 자체다.

사람들은 이런 그가 놀림감이 되는 작품을 보면서 즐거워한다. 그런데 『수전노』를 읽고 한번 곰곰이 음미해보라. 혹시 조금 쓸쓸해지지 않는가? 세상에 둘도 없는 구두쇠인 아르파공이 좀 불쌍해 보이지 않는가? 실컷 웃고 난 후에 어쩐지 슬퍼지지 않는가?

실은 아주 오래전 고등학교 시절, 내가 『수전노』 연극을 보고 그와 비슷한 느낌을 받았었다. 왠지 주인공 아르파공이 안되었다는 느낌이 들었던 게 또렷이 기억난다. 물론 그때는 그 이유를 몰랐었다. 지금 생각하니 그가 너무도 고독한 인간이라는 느낌을 받았기 때문인 듯하다. 조금 점잖은 표현을 쓰자면, 그는 광기에 사로잡혀 스스로 고독 속에 갇힌 인물이다. 그리고 그런 가능성은 우리 누구에게나 있다. 몰리에르는 『수전노』와 같은 작품을 통해 인간의 추한 면을 비웃는 데서 그치지 않는다. 자신의 내면을 들여다보게 한다. 그가 위대한 작가인 것은 그 때문이다.

몰리에르는 1622년 1월 15일 파리에서 태어났다. 그의 본명은 장-밥티스트 포클랭이다. 그는 예수회의 클레르몽 학원에서 공부한 후 오를레앙 대학교에서 법학을 전공했다. 하지만 그는 대학 시절부터 연극에 열중하여 마들렌 베자르 집안의 형제자매와 극단 '일뤼스트르 테아트르'를 결성했다. '유명한 극단'이라는 뜻이다. 그는 작가, 연출자, 연기자 세 가지 일을 동시에 했다. 그리고 22세 되던 1644년 1월에 첫 공연을 했으나 관객 유치에 실패하고 큰 빚을 지게 되었다. 결국 채권자의 고소로 투옥될 처지까지 몰렸다. 이후 그는 파리를 떠나 13년 동안 남프랑스의 여러 곳을 순회하며 공연했다. 지방에서 어느 정도 성공을 거두어 명성을 얻은 그는, 1658년 파리로 돌아와 루이 14세 앞에서 공연할 기회를 잡았다. 그의 작품이 루이 14세 마음에 들어 그는 왕실 소유의 프티부르봉 극장의 사용을 허락받았다. 그리고 이듬해 공연한 『우스꽝스러운 겉멋 든 여인들』이 대성공을 거두면서 파리에서 발판을 굳혔다.

프랑스 귀족과 성직자를 비판하는 작품을 써서 무대에 올린 그가 탄압받지 않았을 리 없다. 하지만 '태양왕'이라 일컬어지는 루이 14세가 그를 보호해주었다. 루이 14세는 프랑스 절대왕정을 확립한 인물로 "짐이 곧 국가다"라는 말로 유명하다. 몰리에르가 루이 14세의 보호를 받았다는 것은 무엇을 뜻할까? 루이 14세가 흔히 받는 평가와는 달리 자유로운 정신의 소유자였다는 뜻이기도 하고, 절대왕정의 확립을 위해 귀족과 성직자를 견제했다는 뜻이기도 하다.

몰리에르는 1662년 『아내들의 학교』를 팔레루아얄 극장에서 공연하여 폭발적인 성공을 거두었다. 그렇지만 이 작품은 그를 못마땅하게 여기던 사람들에게 '경건하지 않은 자' '신앙이 없는 자' '풍습을 교란하는 자'라고 비판받는 빌미가 되었다. 왕이 보호해주는 데도 한계가 있었다. 이후 그는 연극 공연이 중단되고 극장이 폐쇄되는 등, 왕실과 교회로부터 끊임없이 탄압받는다. 1664년 위선자를 풍자한 『타르튀프』를 무대에 올렸을 때는 교회 신자들의 노여움을 사서 곧바로 공연이 중지되었으며, 이듬해 『동 쥐앙』을 무대에 올렸으나 15회

공연 후 막을 내려야 했다.

몰리에르는 가난에 시달리면서도 끊임없이 작품을 써서 무대에 올리고 연기를 했다. 그가 쓴 작품은 1668년에 발표한 『수전노』를 비롯하여 30여 편에 이른다. 그는 1673년 2월 『상상으로 앓는 사나이』를 공연하던 중 무대에서 쓰러졌다. 연극이 끝난 후 자택으로 옮겨졌으나 그날 밤 숨을 거두었다.

몰리에르의 삶은 격렬한 투쟁으로 일관된 삶이었다. 극단을 이끌며 단원들의 생활을 보장해주어야 했고, 그러면서 왕을 즐겁게 해주어야 했다. 그는 단장이자 배우요, 작가 겸 연출자였다. 그는 자기 작품뿐 아니라 남의 작품에도 출연했으며 희극뿐 아니라 발레와 비극에도 출연했다. 죽음이 가까워졌음을 알면서도 혼신의 힘을 다해 무대에 올라 관객들을 즐겁게 해준 사람이 그였다. 그의 아내가 왕에게 무릎 꿇고 빈 덕분에 겨우 성당에 묻힐 수 있었던 인물, 사제들이 입회를 거부했던 인물, 파리 대주교의 명으로 밤중에야 겨우 장례를 치를 수 있었던 비극적 인물이다.

하지만 그는 자신이 겪었던 가난과 방랑, 자신이 추구했던 연극을 향한 열정을 통해 그 누구보다 인간과 삶에 대해 깊게 통찰할 수 있었다. 그의 비극에는 그런 인간 이해의 진면목이 고스란히 드러나 있다. 그는 17세기 프랑스의 위대한 극작가인 동시에 영원한 인간성 탐구자였다. 몰리에르가 시대와 국경을 초월해 오늘날까지 수많은 이에게 감동을 주고 사랑받는 것은 바로 이 때문이다.

『아내들의 학교 · 수전노』 바칼로레아

1 같은 고전주의 시대 작품이지만, 라신의 비극 작품이 사람들을 눈물 흘리며 감동에 젖게 한다면, 몰리에르의 희극 작품은 사람들을 통쾌하게 웃게 만들며 짙은 여운을 남긴다. 또한 엄격한 고전주의 시대 작품이면서 당시의 인습과 권위의 이면에 감추어진 위선과 억압을 풍자하는 내용을 많이 담고 있다. 몰리에르의 작품을 통해 볼 때, 희극에서 웃음이 가지는 의미는 무엇일까?

2 『아내들의 학교』에서 여주인공 아네스는 세상 물정 모르는 순진한 처녀로 자란다. 그런데도 그녀는 자연스럽게 사

랑이 무엇인지 배운다. 그렇다면 만일 그녀가 인간 사회가 아니라 동물들과 함께 자랐더라도 똑같이 사랑할 줄 아는 여자가 되었을까? 사랑은 사람이라면 누구나 타고나는 자연스러운 감정일까?

3 『수전노』에 나오는 아르파공은 '아르파공 콤플렉스'라는 용어를 낳을 정도로 보편적인 인간상으로 간주된다. 어떤 부류의 사람이 수전노가 되는 것일까? 아르파공이 돈을 생명처럼 여기게 되는 탐욕은 어디에서 온 것일까? 탐욕에서 벗어날 수 있는 길은 없을까?

아내들의 학교·수전노

생각하는 힘: 진형준 교수의 세계문학컬렉션 14

펴낸날 초판 1쇄 2017년 9월 1일
초판 2쇄 2018년 4월 26일

지은이 몰리에르
옮긴이 진형준
펴낸이 심만수
펴낸곳 (주)살림출판사
출판등록 1989년 11월 1일 제9-210호

주소 경기도 파주시 광인사길 30
전화 031-955-1350 팩스 031-624-1356
홈페이지 http://www.sallimbooks.com
이메일 book@sallimbooks.com

ISBN 978-89-522-3760-6 04800
978-89-522-3718-7 04800 (세트)

이 도서의 국립중앙도서관 출판시도서목록(CIP)은 서지정보유통지원시스템 홈페이지(http://seoji.nl.go.kr)와 국가자료공동목록시스템(http://www.nl.go.kr/kolisnet)에서 이용하실 수 있습니다.(CIP제어번호: CIP2017019469)